DNA殺手

佘炎輝 著

如果一個人傷了貴族的眼睛，則傷其眼。如果一個人折了貴族的手足，則折其手足。

——漢摩拉比法典[1]（The Code of Hammurabi）第196條

1 漢摩拉比法典是古巴比倫第六代國王漢摩拉比頒布的一部法典，刻於玄武岩石柱上，現收藏於羅浮宮，主要精神在歌頌正義、保護弱者和受虐待的人。

1

那一年我19歲。

那一天發生的事在我心裡造成一輩子都難以抹滅的陰影，我不知道如何啟齒這段往事，我是個會把心事都藏起來的人，若能不說，我寧可將這祕密帶進墳墓。

小P、大頭軒、狐狸精和我是從國中就混在一起的死黨。畢業後，我和狐狸精在外地念普通高中和軍校，小P和大頭軒則念本地的高職和商職，我們平時只要放假回來都會聚在一起。

這次難得兩個同時放假，小P又神祕兮兮地說要介紹他女友給我們認識。我們計畫到大頭軒他家在郊區的小木屋住一晚，大頭軒開他老爸的Toyota Corolla載我們，他老爸開了一間規模頗大的鐵工廠，在我們這個地方算是有頭有臉的人物。

「大頭軒是還沒拿到駕照沒錯，安啦，我們常坐他的車。」小P似乎看得出他女友心中的疑慮。

他們才剛認識四個月，正式交往也不過是一個月的光景，我是覺得友達以上，戀人剛滿。

我們在中途找了間7-ELEVEN，買了幾手啤酒和下酒的零食、微波食品，也幫小P的女友買了飲料。沿著台22甲開了將近一小時，途中經過兩邊種稻的田地，種青菜及樹苗的溫室，種木瓜的網室。

一個拐彎，一條筆直的聯外道路就在眼前，兩旁簇擁的苦楝樹開得繁花茂盛，與層次分明的藍天白雲相互堆疊，甚是美麗，最後來到一段農道般狹窄的柏油路才到達小木屋。

小木屋四周環境宜人，有幾間同樣規模與設計的小木屋錯落在周遭附近，每間都隔著一小片樹林，隱密性極高。也許還不到周末有錢人的渡假時光，其他的小木屋前面看不到有任何車子。與其說是小木屋，裡面可是麻雀雖小，五臟俱全。客廳、廚房該有的設施應有盡有，根本就是渡假屋無誤。

大夥分派工作，小P的女友還幫忙把冷凍食品拿去微波。飯後一夥人在客廳邊喝酒邊玩大老二，氣氛很嗨。大家插科打諢，開著小P和他女友時而無傷大雅，時而語帶雙關的玩笑。

大頭軒一副公子哥的氣勢，他說他的桃花盛開，有著說不完的桃色故事。他笑小P七早八早就被綁住，小P訕訕一笑而過。

狐狸精則繼續聊著一路上未講完的軍校發生的匪夷所思話題。對即將畢業的我們而言，小P在我們四人之中算是比較落寞的，對還沒規劃的未來只能走一步算一步。

幾瓶啤酒下肚後，大頭軒從隨身袋中拿出已磨碎的大麻葉塞入一支菸斗，熟練的點燃，再用力吸上一口，接著遞給大家抽。

只有我和小P女友像是沒見過世面般目瞪口呆的看著他們吐雲吐霧，一副舒坦的樣子好像很好玩，我也嚐試性地吸了一小口，但還沒吸進肺裡就被嗆得眼淚直流，第二口就覺得有很多跑馬燈在眼前晃過。

大頭軒又拿出幾顆綠色藥丸，他說他在夜店常服用這種搖頭丸，很解嗨的。小P和狐狸精毫不猶豫就吞了一顆，儘管他們三人不斷鼓譟，我就是敬謝不敏，搖頭婉拒。

大頭軒起身去放強節奏感的電音音樂助興，他們三人不自覺就隨著音樂搖頭晃腦起來，好像很亢奮又心馳神往的樣子。渙散的神態又都像是老司機，我不禁懷疑他們是原本就上了癮，還是初次服用？我心裡開始覺得毛毛的。

眼看桌上的啤酒、飲料空了，大頭軒搖搖晃晃地往冰箱走去。

「乾瓶啦！難得阿泰和狐狸精一起休假，今晚大家就喝個痛快！」大頭軒走回來，一股腦就坐到小P的女友旁邊，硬是把我擠到另一張沙發。

他將已開好瓶的啤酒遞給大家，小P的女友也順手拿了一瓶，我隨著他們齊聲附和：「乎乾啦！」

約莫十幾分鐘光景，大頭軒開始對小P女友上下其手，只見她掙扎著要推開他卻感到虛脫無力。

我感到意識有點模糊，伴隨著一陣噁心、吐意湧上喉嚨。我驚覺他是否在我和小P女友的飲料中動了手腳，我向小P投以求助的眼神，他卻無動於衷，宛如只是個看戲的旁觀者。

大頭軒的手不停的摩娑著她的臉，還試圖想撩起她的上衣。他龐然的身軀壓在她身上，她左支右絀地扭動，發出「不要」的模糊聲，這個被解讀成欲拒還迎的舉動卻令他格外興奮。

我頭暈目眩，迷濛著眼望向小P和狐狸精，兩人都是雙眼發直，有一種狂喜的快感掛在臉上。我想試著站起來，出言制止：「不要這樣啦，你……，你……放開她。」但腳步虛軟，身體晃動不已，覺得和小P他們無異，我此時很確定大頭軒在我的啤酒裡下了藥。

音響仍如火如荼的噴洩震憾音符，重金屬節拍快得像在趕路。

大頭軒把她從沙發上抱起，走入廚房後就把她像件包裹般粗魯的扔向餐桌，旋即撲了上去。她嘴裡含糊說著：「不要……，不要這樣……，小P救我！」但小P如行屍走肉般看著眼前一幕不為所動，彷彿別人在演行動劇。

狐狸精趨身上前，猛不及防壓住她的雙手，虎視眈眈的看著大頭軒跨坐在她身上，將她衣服扯開。當胸罩被扒開時，白皙的肌膚裸露在眾人眼前，她的自尊與矜持都蕩然無存——我也感同身受了。

完了，我模糊的意識告訴我，今天一定凶多吉少了，一股怵慄揣在胸口。

「兄弟，馬子是你的，你先上吧。」大頭軒對小P說，又像是對他下達命令似的。

在搖頭丸的推波助瀾下，還一臉懵然的小P首先進入她，宛如要把蓄積十九年的慾念一次噴發。

陣陣的衝撞帶來的痛楚如閃電般灼觸著她，她大叫一聲，哀慟著直說著——不要，不要，卻無濟於事。

我渾身躁熱，渾身不對勁，渾身的難受，幾番想要上前阻擋，總被狐狸精和大頭軒推開並壓制在一旁，束手無策的看著小P的獸行。

當小P的痙攣逐漸平息時，我看到狐狸精和大頭軒促狹、譏諷的嘴臉，好像在說：臭婊子，裝什麼聖女？

他們好像說好似的，像大隊接力比賽下一棒交給大頭軒，再交棒給狐狸精。

兩人沉湎在他們慾望的國度裡，當粗暴地完事後，我只看到他們剩下火燒般的氣息在口中苟延殘喘著。

「媽的！像個男人好不好？」大頭軒指使我上她。

三人完事後威嚇我、脅迫我：「有福同享，有難同當，經過今晚，大家就真正是歃血為盟的兄弟了。」

我不明瞭當下是否被鬼迷了心竅，只感覺到心頭一把火也旺得無法澆熄。

她的大腿被迫再次張開，又再一次被釘上十字架。而我，就是那個拿著釘子和鐵鎚的人。

事後奄奄一息的她撇過頭去，緊咬牙關，眼淚簌簌直流。我看到她眼裡的悲憤、怨懟，是那麼的無以名狀。

那一年，中華民國第一次直選總統，強烈颱風賀伯侵襲全台，桃園縣長劉邦友官邸發生血案，彭婉如失蹤遇害……。

2

七月五日　星期日

今天各媒體的電子報不約而同都爭相報導同一則新聞，其中《嗆辣New News》是這麼寫的：

「今日上午F市某社區公園的公廁發現一具遭綑綁的女屍，警方對案情表示無可奉告。

「本報記者採訪到當時在案發現場的一位民眾，她表示屍體是被一位外籍看護發現的，當時看護正要推被看護的老伯伯上廁所。

她義憤填膺地說：『想當然爾是安全無虞的公廁竟會發生這種驚世駭俗的凶殺案，我再也不敢一個人出門，太可怕了。老百姓對政府引以為傲的治安政績也會感到懷疑，希望警方盡速破案，早日恢復社區安寧。』

「該名婦人也提到社區有個獨居的單身漢，個性乖僻，一向獨來獨往不與人為伍，她覺得嫌疑很重。她跟警方也如實以告，警方則告知她會將該名男子列入嫌犯調查。」

偵查隊兩天前才在平實區一處私人養殖魚塭的犯罪現場帶回一具全身被膠帶綑纏的屍骸，與今天相隔不到二十公里的尚義區社區公園發現的女屍，同樣遭綑綁的犯案手法有點雷同。

檢察官羅啟鋒與負責偵辦的偵二隊隊長高子俊都下了封口令，因為男屍的身份非同小可，案情沒有更進一步的進展之前，不希望引起任何恐慌、猜測，或讓任何小道消息不脛而走。

當晚孫幗芳正窩在沙發看泰絲・格里森（Tess Gerritsen）的《最後倖存者Last to Die》，聽手機Spotify播放清單上的歌曲，她養的虎斑貓「波妮」剛吃完為牠準備的罐頭貓食，在她腳邊磨蹭。

接到電話時她剛好看到第十三章，有個不祥的預感陡然升上心頭。

她五官精緻，不是美女那一型的，但渾身散發著冷冽感，有一種令人無法忽視的氣質，不會過眼即忘。目前是F市刑大隊偵二隊第五分隊分隊長，曾經偵辦過幾件箱屍案，這次被膠帶綑成屈身木乃伊的男屍及被繩索綑綁的女屍倒是頭一遭遇到。前陣子才偵破的連續殺人案讓她元氣大傷，案子涉及她旗下隊員及男友，靠著分心偵辦其他案子才慢慢平復。

平日素有拼命三娘衝勁的孫幗芳比男性同事更能面對各種殘缺肢體，在男性居多且握有主導權的刑大隊裡當二級主管，一舉一動還是會有異樣眼光盯著她，大家都等著看她何時出糗。沒兩把刷子、剛柔並濟，僅有雄心壯志還真是難以服眾。

兩天後的上午，孫幗芳和小分隊長甄學恩趕到龍華社區公園入口時，就看見一堆聞風而至的記者往封鎖線內猛拍照，像禿鷹看到腐肉那麼興奮。多名好事者則圍在封鎖線外竊竊私語，伸長脖子往同一方向看，躁動不已。整個社區公園的範圍說大不大，否則封鎖範圍就不是幾個制服員警顧及得周全的。

孫幗芳走到犯罪現場一百公尺前會先佇立觀察，她習慣從遠處看線索、細節、問題，不要被先入為主的判斷給誤導。

他們走到公廁外面的洗手台時，鑑識組組長許佑祥和另一名跡證採集人員廖晉文蹲在已被拉開門的無障礙廁所對著證物號碼牌及跡證拍照，只看得見屍體腳邊有一張攤開的毯子和蒐證工具箱。

「嗨！」他們套好紙鞋套及髮帽、口罩後先開口跟許佑祥打招呼，許佑祥則點頭致意，算是打過了招呼。

小小的無障礙廁所平時塞進兩個人及一台輪椅，就已經捉襟見肘了，現在有三個人及滿地證物號碼牌，更顯得壅塞不已。

孫幗芳先繞到公廁左邊，那是有一間大號間和兩個小便池的男廁；右邊是女廁，有兩間廁所；無障礙廁所在男女廁中間，等許佑祥他們做完採證後孫幗芳才踏進來。

屍體就躺在廁所拉門一拉開就看得到的牆角地方，屍僵已形成了。

「哇，這好像日式綁縛喔！」甄學恩張大著嘴。

裸身的女性死者身上看不出有明顯的出血點和傷口，一條紅色麻繩沿著脖子、乳房、腹部至背後的手腕，像捲麻花般纏綑著，側躺在沒有血漬的地板上。

孫幗芳看著死者清秀的臉龐，心想「年紀應該不出25歲吧？」。她注意到屍體的脖子光滑纖細，全身白皙的膚色搭配鮮紅色的麻繩，僵硬低垂的頭靠近曲著雙腳的膝蓋，手腕捲曲，被綁在背後——很詭異的畫面。

「其實和日式講究的綁縛術還差得遠，我做完屍體初步檢查了，肛溫30℃，若以公式來算，死亡時間大概是10小時左右。」

「許組長有研究過日式綁縛術？」甄學恩投以懷疑的眼光。

「你們看紫青色部分，」許佑祥笑而不答，「她被發現時是被包裹在一條毛毯靠坐在牆壁的，照理說除了臀部貼近地板外，下手臂、髖部、大腿應該要有屍斑[2]形成，但屍斑集中在背部，可見是被移動過。」

「你不是常說：『根據羅卡交換定律（Locard exchange principle），凡是兩個物體接觸，必會產生轉移現象。所以犯罪現場中，犯罪嫌疑者必然會帶走一些東西，亦會留下一些微量跡證。』你瞧，我都會背了。」孫幗芳故意糗他。

「我在屍骸的嘴巴、指甲縫及陰道、肛門以棉花棒擦拭，採集檢體和皮屑組織，同時採集裹屍毯上的毛髮。」

「有不屬於她的毛髮嗎？」

---

[2] 人死後血液停止流動，血管透通性增強，重力導致淤塞的血液沉積在低位區未受壓的部位，形成屍斑。

「等報告出來。」

「盡快囉！」

「嗯，我也開啟了多波域光源（ALS, Alternative Light Source）掃描機掃描，除了垃圾桶的衛生棉外，沒看到有任何血跡反應，指紋的紋路倒是掃到一堆。」

廁所有幾組踩過下過雨的泥土、雜沓又不完整的腳印，看來沒有比對價值，最新的就是輪椅的胎紋和看護的腳印了。

「麻繩上的指紋好採集嗎？」

「難！」許佑祥搖著頭。

ꕥ ꕥ ꕥ

社區人口本就不多，平日白天除了有幾組推著輪椅的外籍看護和被看護者會群聚在公園榕樹下聊天、觀看下棋來消磨大半時間外，鮮少有人踏足，行動自如的老人寧可去爬山或去ＫＴＶ唱歌。

公園佔地不大，四周沒有特別設置入口圍欄，只有一座早已斑駁生鏽的遊樂器材點綴在稀稀疏疏的幾株灌木叢中。公廁位處公園東北角，平日少有人來方便。

虛設的路燈一到晚上不是閃爍不定就是熄滅沒功能，里長以經費不足為由，常年任其自生自滅。致於要從裝飾好看卻無功能的監視器找出歹徒，恐怕是癡心妄想了。

到了晚上偶有流浪漢會以此公園為棲身之所，依天氣冷熱決定身上蓋的是報紙還是厚紙板。下雨時，公廁就是最佳的避雨處。

打掃廁所的是該里一名低收入婦人，死了老公，唯一的兒子因砍人被關，里長看她孤苦伶仃一個人，就聘僱她清掃里民活動中心和社區公園，還可兼做資源回收。

「這兩天都下著雨，我想應該不會有人外出，公廁也就沒有每天打掃。」她哭喪著臉說著。「最近一次打掃就是還沒開始下雨那一次，前天吧？我年紀大了，腦袋瓜記不了那麼清楚，……，但我很確定那時候廁所是無異樣的。」

里長姓歐，他打包票說：「負責打掃的歐巴桑是個老實人，她說的應該不至於有太大差錯。」

「警官，我跟你說哦，」里長說到興頭上就越發離題，滔滔的說起他的豐功偉業。「我當里長好多屆了，一向注重社區安全，還榮膺過模範里長被市長表揚過哩，防治登革熱成績優良的獎牌就得過好幾次。……」

一早趁著雨勢歇緩，一名印尼籍看護推著悶了幾天的老伯出來透透氣。老伯伯遊興不減，想多逛會兒再回家，看護就想就近將他推到公廁如廁。

她一推開無障礙廁所的門時，眼前所見的是一個裹著毛毯的人體靠坐在牆角一動也不動，看護以為是流浪漢在此睡覺，想趨近叫醒他。

當她一觸及毛毯，那具人體就往一側傾倒，露出半截臉龐。

看護被眼前的一幕嚇得花容失色，印尼話嘰哩呱啦叫了好幾遍，等回過神來才衝出公廁找人求救。

坐在輪椅上的老伯伯也因驚嚇過度尿失禁，心臟病發，經緊急送醫才所幸救回一命。

3

兩天前

七月三日　星期五

這是一處私人深水式養殖虱目魚的魚塭，不像淺坪式要用流刺網捕撈，還要消肚、剝魚，再加工處理。深水式魚塭養殖的魚魚肚比淺坪式豐腴，用圍網方式將達上市體型的魚趕到岸邊、集中於網內、再以電魚器電暈、整批收成，可使魚的體表完整又漂亮。

話說今年的梅雨季來得晚，卡到虱目魚的收成季節。他打算在氣象報告發布梅雨正式報到前趕緊趁夜間去魚塭拖網捕些魚，好將魚獲能即時趁鮮一早運送到拍賣市場，拍個好價錢。

晚上將近十點左右，他騎著機車去魚塭作業，在等候其他員工到達前，他依慣例先沿著護岸巡視一番。

當走到其中一畦魚塭時，感覺不到其中一台水車馬達運轉的聲音。若馬達失能，水車不轉，水中含氧量變低了，魚就可能缺氧窒息。

他發現那只馬達一旁有個頗大的異物正載浮載沉著，他覺得有異，就著裝下水。

原來是馬達打水的葉輪被一團膠帶卡住，難怪馬達不運轉。

好不容易才把膠帶勾離，正要將那物體拖上護岸，膠帶和物體脫落之處，露出一個發漲浮腫的臉，眼睛直勾勾的瞪著他瞧。

他驚惶失措，正欲張口大叫，突然一個滑腳，失手一拉扯，拉到物體邊緣，連帶著屍體就壓著他一起跌坐在漁池中。

ϑ ϑ ϑ

孫幗芳在家裡接獲通報後就聯絡另一名小分隊長王崧驊，她來不及梳扮，隨意將頭髮綁一束馬尾，穿上套頭帽T和牛仔褲就出門了。兩人前腳一到，鑑識小組隨後也趕到現場勘驗。

除了一輪明月高掛在幾盞昏暗的街燈上頭外，犯罪現場被鑑識小組的強力探照燈照得一片通明。偶有幾隻晚間出來覓食的夜鷺被驚嚇得振翅低空掠過，發出「聒、聒」的叫聲，平添一股蒼涼感。

為避免遠處其他魚塭養殖戶的騷動與好奇圍觀，制服員警也在黃色封鎖線內維護現場秩序與證物不被破壞，嚴陣以待隨時出現的記者或好事者。

有時候凶手會回到犯罪現場欣賞自己的傑作。

一般的凶手犯案後第一個反應是「逃」，潛意識裡會認為回到犯案現場就會被發現。

另一種凶手犯案後會勾起犯罪時的回憶，開始疑心是否留下跡證，就會回到現場察看。第三種是想重返現場，回味虐殺的快感，看警察的束手無策，家屬的悲痛欲絕，就會有成就感。

所以員警會將現場圍觀者拍照，以做為排查凶手之用。

許佑祥組長在魚塭四周的護岸上採集到幾組半乾涸、不相同的足跡。靠近打水馬達的岸邊有一台單輪推車，原本是漁農用來推送魚飼料等重物用的，可能成了犯案工具。

看似行李箱輪子拖過的兩組痕跡壓過兩組凌亂又深淺不一的足印，可惜原先的足印幾乎被魚塭主人的足印給覆蓋，難以採集到完整的足印。

他猜想深淺不同的輪子痕跡會不會是裝有屍體和棄屍後重量減輕之故？可惜由不同深淺度測不出箱子裡物體的重量。

等打撈人員將屍體打撈上岸後先放在塑膠布上，他和另一名鑑識員身著青蛙裝，揹著笨重的防水蒐證工具箱下水。

除了找到幾截被馬達打水葉輪打碎的殘破膠帶外，並無其他所獲，倒是不少虱目魚受到驚擾，腸胃中殘餘物質排出體外，成了消肚的虱目魚。

「若不是膠帶被葉輪勾住而脫落，緣縮成胚胎姿勢、被層層膠帶纏繞成木乃伊的屍體應該不會像現在一隻眼睛被虱目魚啄咬、露出部分殘缺的眼瞼。」許佑祥指著說。

其實大家都看得出來，露出眼睛、半邊鼻子嘴巴，加上臉上、膠帶上沾上蘚苔、魚飼料、米糠的屍體，就是一副很詭譎的樣貌。
拍完照後，殯葬社的人準備將屍體裝入屍袋先運回殯儀館，再待法醫解剖以釐清死亡原因。
此時檢察官羅啟鋒正一手撥高封鎖線，矮身鑽了進來。
沒多久他走到孫幗芳身旁跟她咬耳朵：「屍體可能是玄元無罡教的宗主。」

ℰ ℰ ℰ

「幹！這裡這麼多魚塭，別人家的不去扔，偏要扔我這裡，我上午來巡池都還沒發生這種鳥事。幹！」趙老闆正和王崧驊說起發現屍體的經過，氣呼呼的數落著。
小分隊長王崧驊是個大塊頭，有著常上健身房的雄渾肌肉和隨時散發的雄性激素，但個性憤世嫉俗，有時固執得令人不敢恭維。
他當小分隊長已好幾年了，平時給人感覺散散的，並不是急公好義那一型，不知什麼原因一直升不上去。講話時，會夾帶著英文的罵人字語，要不就像連珠砲般劈哩啪啦的，旁人都要豎起耳朵才聽得清楚。
趙老闆不想在他的魚塭發現屍體一事被記者及其他養殖戶大張旗鼓地宣揚，影響聲譽，請檢察官低調處理，他也會全力配合調查。
「這要是民宿，我不是要倒閉關門了？」趙老闆嘴裡一直喳呼的幹譙著，仍舊是驚魂未定的狀態，嘴上的Marlboro香菸一直未點著，就叼在嘴邊跟著抖動著。
「老闆，你這片魚塭看來不小，多大呀？」
「我的魚塭有五甲左右，一畦大概有0.8甲至1.2甲，每畦裝二至三台水車馬達在運轉。」
王崧驊拿出打火機，擦咕了幾下，把火源湊近趙老闆的香菸。
「收成好嗎？」
「馬馬虎虎啦，只要沒碰上寒流就可混口飯吃。」趙老闆說，同時終於點燃了那根香菸。
「每天都會巡池？」
「我幾乎每天早上都會來巡池，記錄水溫和PH值，今早一切都還很正常啊。你說攝影機喔？是有想裝啦，但這裡住的就這麼幾個人，大家都熟門熟戶相安無事了那麼多年，也沒人提議要裝。」
趙老闆深吸一口菸，感覺到尼古丁撫慰了血液中的飢渴再緩緩吐出菸圈。
「路口呢？」
「政府不會把錢花在這種地方啦，以前有女學生在前面路口被人強行擄走，後來事情沒鬧大，就不了了之。」

4

七月五日　星期日

體態略微發福的法醫徐易鳴和矮小精瘦的檢驗員蘇肇鑫搭檔，十足就像勞萊與哈台的組合。他是從警察大學鑑識科學系畢業的，擔任法醫已十多年了，好好先生一個，若不是穿上手術袍，給人的第一印象會是西裝筆挺、提著一款名牌公事包、能言善道的房仲業者。

他和小蘇都認為「屍體會說話」，屍體會解釋一切。在現今《刑事訴訟法》與《法醫師法》兩相矛盾的法規下，徐易鳴算是碩果僅存的幾位法醫中的佼佼者。

解剖室位於市立法醫研究中心所在大樓的地下室一樓，有專用電梯可直通停車場，方便運送屍體，有著負壓空調，總是瀰漫著肅穆的氛圍以及消毒劑混雜著清潔劑的味道。燈火通明的解剖室讓這裡平時都分不清是白天還是夜晚，碰到急需被解剖的屍體時，徐易鳴假日出來也無怨言。

在一旁一起相驗的是穿上無菌防護衣，戴上口罩、護目鏡，套著紙鞋套的羅啟鋒檢察官、孫幗芳和王崧驊小分隊長。

羅啟鋒檢察官可說是司法界的後起之秀，年輕有衝勁、不畏強權，還三十五歲不到就破了幾宗大案子，屢屢登上媒體版面，去年破獲轟動社會的新科議員走私毒品及販毒案正是他的傑作。每當媒體報導他時，炙手可熱的黃金單身漢啦，高富帥啦，種種溢美之詞總會加諸在他身上。

但人紅是非就多，他從未和女性傳過緋聞，於是「羅檢察官是gay」的傳聞就不斷，等到有狗仔拍到他和婦產科醫師男友卿卿我我的照片時，隱私被赤裸裸的挖出來攤在陽光下，逼得他不得不出櫃。

ᘐ ᘐ ᘐ

躺在鋼灰色解剖檯的死者正是玄元無罡教的周偉業，一段神蹟影片及被信徒指控性侵的新聞讓羅啟鋒認為有司法相驗理由簽署解剖，就簽分了偵查案件。

離解剖檯十幾米，貼進牆角處有張擺著數位磅秤的不銹鋼金屬桌，摘除下來的器官會先過磅再採檢體，原先纏綑的膠帶割開拆掉後，和沾有血跡的衣服一起放入證物袋，已先放至在此。

羅啟鋒三人看著已經拍照存檔、清洗乾淨、還未解剖的屍體仍然感到一陣顫慄。

死者的左眼被虱目魚啄咬得只剩幾條斷斷續續的血管連著眼球，眼眶和眼瞼的肉早成了牠們的腹中物。被膠帶纏覆的身體彷彿脫水的水果乾，慘白又緊皺，但外貌清晰可辨。

往下望去，有一條傷口從胸骨延伸至腹部，像砧板上的魚肚那樣被剖開，足足有二十幾公分長。

傷口最上方因胸骨肌肉較少，深度淺一些，過了胸骨下方的「劍突」後，有七八公分左右深度變深了，導致肌肉外翻的程度各自不同，但沒看到臟器，估計深度不是很深。

「這一條傷口是被好幾刀劃過的，傷口不深，只是一劃又一劃重複割劃才加深也加大了傷口範圍。」大家的眼光循著法醫帶著乳膠手套的胖手指上下游移，「這不是致命傷，倒像是刑求逼供手法。」

「我問一個問題，」羅啟鋒說，「同一部位一直劃啦、割啦，如何知道劃了幾刀？」

「你這個問題我用另一個問題回答你，」徐易鳴正色說，「剖腹產時從肚皮到子宮一共有七層才見得到寶寶，你覺得醫師會劃幾刀？」

大家愣在那裡不知其解。

「哈哈哈，我也不知道。」

「你們知道嗎？解剖屍體時我都會假裝在和屍體對話，小蘇太無趣了，二愣子一個。」徐易鳴試圖緩和大家的情緒，「若沒有其他人參與相驗，我會放古典音樂來紓緩當下肅穆的氣氛。」

「就像醫師在手術房時放音樂一樣？都放些什麼樂曲呢？」

「看狀況。燒炭自殺的就放貝多芬的《命運交響曲》；上吊的放巴哈的《布蘭登堡協奏曲》；溺水的放約翰・史特勞斯的《藍色多瑙河》；被謀殺的放威爾第的《弄臣》；跳樓的放莫札特的《安魂曲》；德布西、舒伯特、舒曼、韋瓦第的作品都會輪流放。

「我會把切割下來的骨頭、臟器、皮膚……幻想成在享用一道道美食。烤牡蠣加檸檬汁、鱸魚柳佐乳酪醬、鵝肝醬肉凍Q彈美味、小羊脊肉配紅酒，Juicy啊！」

「哇靠，你真有想像力和品味啊！」王崧驊發了一個「嘿」聲。

「苦中作樂嘛，不然每天面對屍體怎麼熬得過來？」

「他的死因呢？死亡時間？」孫幗芳打岔問。

「不急，我先說這裡，」徐易鳴指著眼睛部位，「『鞏膜』被啄得破好幾個破洞，附著在上面的橫紋肌其中4條『直肌』斷了兩條，2條『斜肌』也有一條被咬斷。」他解釋道。

羅啟鋒問：「綑綁屍體的膠帶是……？」

「綑綁屍體的是寬60mm的PVC布紋黃褐色封箱膠帶，就我們平常用於封箱固定、捆紮的膠帶，免用刀又易撕、端口平整。」

「遇水不會脫落嗎？」

「我問過許組長了，他說這種產品防水性、延展性及黏著力要視不同品牌而定，這次凶手用的品牌不是高層次的，所以才會脫落，也許是綑綁手法不夠純熟也有關係。」

「凶手不是專業的？」

「他還跟我說，一般BDSM用來綑綁的『靜電膠帶』是指依靠膠帶上吸附的正負電離子來粘貼的膠帶，它沒有膠水，所以沒有沾粘感，不會粘住皮膚和留下痕跡，類似於家庭常用的保鮮膜，很薄，這樣可以緊緊貼敷在身體表面。」他停頓一下，等他們消化訊息。

「ＢＤＳＭ？」孫幗芳不解。

「我事後再跟妳解釋。」王崧驊向孫幗芳打pass。

「啊～～，我知道了。」孫幗芳頓時緋紅了臉。

「兇手一般會用電工膠帶或封箱膠帶來綁人，應該是便宜又隨手可得吧，只是膠帶具有膠水，會沾粘毛髮，撕下來很難受。其次是厚、彈性差、不透氣，纏上身體後很不舒服的刺癢，會出現明顯的勒痕。」

羅啟鋒再問道：「鑑識組有採集到可疑或可當供證的微物跡證嗎？」

「他們從膠帶上有採集到魚塭池底的藻類、魚飼料、米糠、花生餅、大豆餅、麥片的殘屑。此外，……，」

「虱目魚都吃這麼好啊？」王崧驊打趣著說。

「此外，我和小蘇在拆除膠帶時有發現一根長頭髮黏在上面。」徐易鳴賞了王崧驊一個白眼。

「有幫兇？」

「不排除，但頭髮是人造的卡尼卡倫絲。」

「假髮？」

「嗯。」

「膠帶不是最容易沾上指紋嗎，你們猜怎麼著？」徐易鳴狡黠一笑。

「你洩底了啦。」孫幗芳糗他，說，「想必凶手戴了手套，所以找不到指紋。」

「還有，凶手可能是綑綁的生手，剛開始綁得很鬆散，後來才越纏越緊，越纏越多，但毫無美感可言。」

「這種彎曲的屍體最怕破壞屍僵狀態了。人死後三磷酸腺苷（adenosine triphosphate）開始從肌肉流失，收縮硬化形成屍僵。出現屍僵到遍及全身的『形成期』約12小時，然後『僵硬期』持續12小時左右又開始緩解，『鬆弛期』大約12小時，**12-12-12**就是屍僵的一般通則。」三人聽著徐易鳴的解說。

「當然啦，死亡當下肌肉的活動也會影響屍僵形成的速度。」

「譬如？」

「如掙扎、搏鬥，體溫高低等等。」

「胖瘦有沒有關係呢？」孫幗芳好奇問。

「有，像我這種胖的人也比小蘇那種瘦小體型的形成速度慢。而且彎曲的屍體鬆弛期要拉長些，不過還是比焦屍的肌肉纖維被破壞了好。」

「死亡時間？」

「屍體是棄置在25℃的魚塭，雖然不好估計死亡時間，至少36小時以上是可確定的。」徐易嗚下結論說。

「死因是溺死還是悶死的？」羅啟鋒問。

「被膠帶纏綁成這樣還溺死也太悲催了吧？」王崧驊戲謔的說。

「悲催？」

「網路流行用語啦，miserable。」

「假文青！也不瞧瞧自己都快更年期了。」

「就算是更年期，徐法醫也比我先到吧。」

「少來，有時候看你愛發牢騷又彆扭著脾氣，不是更年期到了是什麼？」

「總比起你動不動就說關節退化、白內障好啊。」

「我看你一定比我早攝護腺肥大。」

「就我所知，窒息的原因有悶死、勒死、溺斃、吸進有毒氣體這幾種，不知道對不對？」羅啟鋒看不下去兩人鬥嘴，趕忙再問。

「沒錯，悶死還可分環境中含氧量過低而悶死、被摀死、哽死、外力施加的機械性窒息、吸入二氧化碳或甲烷窒息性氣體而死。」

「那我寧可溺死。」王崧驊做了個誇張的姿勢。

「你的研判是……？」

「我初步判斷他是先被膠帶封住嘴巴再全身被綑綁摀死的，只是受害者身上除了刀傷外只有手腕和腳踝有些微掙扎痕跡，原本封住嘴巴的膠帶也掉脫了大半，等一下解剖就可見分曉了，看受害者是不是溺死的？」

「綁成像木乃伊那樣是方便移動屍體還是凶手的殺人嗜好？實在令人不得其解。」孫幗芳自問自答。

ꕥ ꕥ ꕥ

「我在死者左手手臂有發現到注射針孔的痕跡，你們看，就這裡。」大家不約而同望向徐易鳴止血鉗所指部位。

「早先我已叫小蘇抽血去檢驗，驗出是含有Midazolam成分的鎮靜劑。」

「在醫療上都用在治療什麼疾病？」孫幗芳問。

「醫療上普遍用在知覺鎮靜，如加護病房急救或手術麻醉前合併使用注射，精神科病房也會用到，可緩解緊張焦慮及激動。它和另一種Lorazepam類似功能，這兩種藥也常使用於失眠症狀。」

「你講的什麼英文名我們哪懂！」王崧驊抗議道。

「你就當我自言自語就好了，聽懂多少算多少。」徐易鳴訕笑著說。

孫幗芳問：「那是管制藥嗎？容不容易取得？」

「這是第四級管制藥，醫院一般都有控管程序，以避免濫用，注射後會有嗜睡症狀。我覺得你們可以往這方向追查。」

「如果施打過量會怎樣？」

「鎮靜劑本來就要緩慢投藥，施打過量就會有嗜睡、精神混亂、肌肉鬆弛等等現象。」

「所以凶手可能趁他昏睡鬆弛無力時才施綁？一個人可以完成嗎？」羅啟鋒提出疑問。

「這個問題我有想過，我先上網查要怎樣把人用膠帶綑綁成木乃伊樣子的綁法，在國外稱作Wrapped Bondage，就是『包裹奴役』。」

「是BDSM的B？」王崧驊脫口問。

「巷子內的老司機嘛。」

「過獎！」

「我先前叫小蘇躺著不要使力讓我綁，我當然不能打針讓他肌肉鬆弛啦，就叫要他忍耐一下。我依膠帶撕掉的程序反過來綁，小蘇的身材比死者瘦小，但我還是綁得零零落落的，又不敢綁太緊。」

大家的目光都往小蘇身上瞧，想像他被膠帶纏成像周偉業的樣子。

「首先將他的雙腳腳踝綁在一起，側翻，將雙腳曲膝讓大腿儘量抬向胸部，再從一邊的小腿開始將膠帶順時鐘繞過臀部到另一邊的小腿。」徐易鳴邊說邊比劃動作。

「我再將他的雙手拉向腳踝，同上個動作依樣畫葫蘆，膠帶將手、小腿和臀部逆時鐘繞到另一邊纏緊。最後是最困難部份，我現在說得好像輕而易舉，那時候已經滿身大汗了。」

「徐法醫辛苦了。」羅啟鋒和孫幗芳同時說。

「我這等身材還要搞這種的，真是折騰我老人家了，我當然不可能像屍體那樣綁得密不通風。我問小蘇還好嗎，他好像還滿享受的。」徐易鳴說著說著望向蘇肇鑫，得到的是小蘇沒好氣的翻了個白眼。

「哈，開玩笑的啦。」徐易鳴自我解嘲一笑。

「最後將膝蓋緊貼胸部，從背後一邊肩胛骨沿著同邊繞過膝蓋，再從另一邊膝蓋繞回去。此時的小蘇看起來就像個人球，與死者從魚塭運到這裡的樣子也八九不離十了，最後全身纏繞得密不透風就大功告成了。

「我綑綁時並沒有很用力拉扯膠帶，也沒有綁太多層，我也怕小蘇手腳抽筋啊！我有錄影喔，完成整個程序大概要一小時。」

徐易鳴做完最後的體表檢查後，開始把手術刀從屍體的肩膀兩側直到胸骨下方劃下一個Y字形。

他面對屍體的解剖倒是一臉凜然，很尊重死者。

「鼻竇和呼吸道沒有出血現象，也沒有水中殘渣。」徐易鳴像是在公布答案一般。

「所以是……？」

「看來不是溺死的。若入水時還有意識，掙扎呼吸就會使鼻竇和肺部造成壓力，而有出血現象。」

「也沒有魚塭裡的藻類、米糠，對不對？」

「孺子可教喔，」徐易鳴對孫幗芳讚許說，「等會再來看肺部有沒有出血。」

他接著說：「溺水時，水進入喉嚨，會使得喉頭痙攣，對水做出收縮或閉鎖的反應，於是空氣進入肺的通道關閉了，最後窒息而死。」

王崧驊則問：「游泳時嗆到水會咳嗽，就是喉頭痙攣，對水做出的反應嗎？」

「原理相同。」

周偉業的肺部被劃開時，徐易鳴發現是乾的，也沒有出血，「空氣進入肺的通道封閉了，所以水進不來。」他宣布死因不是溺死。

「你們都知道內臟腐敗的順序嗎？」

羅啟鋒點頭，孫幗芳和王崧驊則都搖著頭說，每次聽完再聞到那味道，就恨不得想儘快忘掉。

「小蘇，你來說說吧。」

檢驗員蘇肇鑫放下紀錄板，開始回答：「是從腸胃道的細菌開始的，接著是肝臟、肺臟、腦部，然後是腎、子宮。」

孫幗芳的手機響起Shawn Mendes與Camila Cabello合唱的《Señorita》，這是她最近才下載的手機鈴聲。

「尚義區中民路的龍華社區發現一具女屍，請求支援。」

「噢，收到！」

她先聯絡另一名小分隊長甄學恩到龍華社區，她再趕過去會和。

「有新生意上門囉！」她對著羅啟鋒、徐易鳴和王崧驊說。

5

七月七日　星期二

嗆辣New News：本傳媒據可靠消息來源獲知，關於警方連日來對失蹤多日，一直三緘其口的周偉業——玄元無罡神教宗主，尊號「法清上人」——確實已遭到殺害，屍體幾天前在一處私人魚塭尋獲。

在本傳媒始終不懈的追查下，總算可揭露出一些線索。以下是本傳媒秉持「挖掘真相、嗆爆事實」為宗旨的綜合報導……，也請隨時追蹤我們最新、最即時的消息。

《神祕宗教宗主謀殺案1》

玄元無罡神教開始在F市崛起是近幾年的事，但好多年前早就在F市落腳發跡了，創始人很神祕，少有人知道他們師出何門，篤信的教友同修們又不喜張揚。

據本傳媒鍥而不捨地調查得知，該教是某財團法人在內政部登記有案的宗教團體組織，會從少有人聽聞到神蹟顯赫，只是因為一段過時的影片在網路上突然被炒作得沸沸揚揚之故。

某位過氣的政治界名人在他們宗主主持的佈道法會跪地膜拜時，突然抖動抽泣，接著大聲嚎哭對地捶手扣頭。他事後解釋當時感受到宗主的法喜加持時，讓他看到前世的因果循環，不由自主就顫動起來，才會哭得聲嘶力竭。

若是一般人這麼說，大家或許會認為鬼話連篇，偏就由小有名氣的人嘴巴說出來的，儘管爭議不斷，信者恆信，不信者嗤之以鼻，但該教的名氣就這麼打出來了。

《神祕宗教宗主謀殺案2》

該教逐漸壯大後，信徒由原本一千人左右增至三千多人，據說影片流出後的全盛時期還有四千人之多。宗主周偉業自稱是洪荒老祖第一百三十二代轉世的救主，要來凡間證悟凡眾。

他在20歲前一直在F市，當完兵後就離鄉背井去其他城市謀生。據查他只有高職學歷，沒有婚姻紀錄，年約40多歲，其餘則還不可考。

不能免俗的，該教也有所謂的「教呼」、「教義」、「規章」、「守則」等繁文縟節來規範信徒。

據某位信徒告知本傳媒，該教的「教呼」是：『宗主韜光養晦、神光普渡眾生！』。「教義」則是：『分尊卑、明長幼、忠於宗主、福澤無盡無窮』。「規章」則規定信徒每日要畢恭畢敬的對宗主的照片磕頭膜拜三次，宗主每月初一、十五會召見供養比較多或表現比較好的女貞男良訓勉。

「為了讓宗主召見，親自感受其恩澤與教化的信徒無不趨之若鶩、引頸企盼。」該名信徒這麼說。

所以自稱男良、女貞的男女信徒就有修行約束的守則、教條、誓詞，向他們的至上宗主宣誓，會終生力行宗主的教誨，臣服宗主的旨意與引導。說他們的宗主是普世之主，可賜予他們聖潔心靈，若能被啟發，都是宗主至高無上的聖靈感召。

這些各種離譜的法則、教條、法規、教章，各位讀者受眾能理解嗎？

《神祕宗教宗主謀殺案3》

雖然比不上某個常登上媒體版面的師父那麼有名氣，每次都是動輒上千信徒夾道呼喊感恩啦、讚嘆啦，但玄元無罡神教擁有的政商名流與虔誠的信徒中，不乏響噹噹的政治人物、叫得出名號的商界大老，至於影藝圈知名演員歌手、醫界巨擘也是不遑多讓的。

據小道消息指出，玄元無罡神教有一棟位於市區精華地段的大樓當作總壇，是那些臣服於宗主的調教的人出資供奉的，最大金主據說是「文馨財團法人」。

這次被舉發誘姦少女的事發地點正是該大樓頂樓，宗主平日的生活起居室。案件還在上訴審理中，周偉業以五十萬元交保候傳，在當律師的信徒出面斡旋下，以和解落幕的可能性極高。

ಿ ಿ ಿ

蔡伯諺是最近從T市調過來偵二隊的偵查佐，正好孫幗芳的第五分隊欠缺人手，就撥到她的麾下。他一報到發現上級直屬長官是個穿裙子的，即使百般不願意，還是得服從命令屈就。

他有點好大喜功、油嘴滑舌，年紀不大就已童山濯濯，動不動就拿把梳子梳理他那所剩無幾的毛髮，身上的古龍水味道總是像花蝴蝶般飄來飄去，人還沒到，遠遠就聞得到。

他喜歡到別的分隊找女隊員串門子，大吐在T市任職時的苦水和他破過多少案件的奇聞軼事，總是說自己懷才不遇，是關在廄房裡的千里馬，養在花盆裡的萬年松，同事們聽多了也就麻痺了。

孫幗芳派蔡伯諺去玄元無罡教調查有無不法財務來源、其他受害案例、斂財證據，最好能拿到完整的信眾名單，或許能從名單中過濾出凶手。

「唉呀，殺雞焉用牛刀，要不要找小葉或阿丹去就好？」

「要不我親自出馬，你意下如何？」孫幗芳嘲謔的問。

蔡伯諺走進玄元無罡神教位於F市市區與郊區交界處名為「溫馨園」、占地約三甲多的總壇。雖然樹倒總會猢猻散，但從外觀來看，還沒有人去樓空的跡象。

他們昨天才發表一則聲明：「本教宗主慘遭惡人殺害，本教教眾上下一致哀慟莫名，並對凶手強烈表達譴責之意。本教教務及宣教暫由〇〇〇代理，一切如常運作。」

一名自稱祕書，穿著教裡的灰藍色制服的女子在警衛室等候蔡伯諺。

「哇！你們這裡好有氣派啊，花不少錢喔？」

女子頷首微笑未語。

他跟在她後頭走在一條鋪著大石板的路，沿途兩旁綠草如茵，種著各式花卉及樹木。茉莉花正綻放盛開，芳香襲人；玫瑰花與諸多蔡伯諺叫不出名字的花爭奇鬥豔著。

抬頭四望，圍牆內部周圍可看到高聳參天的龍柏、羅漢松，形成一個天然屏障。再往前走了約兩百公尺後，就看見一座蓮花池，池裡蓮葉田田，隨風款款搖擺。

走過一處空曠廣場後，有兩幢古色古香的三層樓閣，分別坐落左右兩側，看起來很相似，門口樑柱分別掛著「旭陽齋」、「墨雨居」牌匾，有幾名男女在打掃擦拭。

女祕書說那是男女信徒居住的地方，它們會兼做清掃勞動工作。她又說，當初要蓋溫馨園的時候，各個建築的方位及植被都有找風水師堪輿過，才有現在這番景象。

眼前豁然開朗出現一棟高昂氣派、一百二十層階梯、三層平台高、左右坐擁兩座高約五六百公尺，看起來頗新的傳道閣的弘法建築。建築物華麗又宏偉，光外觀就是雕樑畫棟，在陽光照耀下，頂端的金色標誌更顯得金碧輝煌。

蔡伯諺很想進去參觀，但不是此行目的，他心想，也許跟祕書約個時間專程來參訪，被奉為座上賓也不無可能。

「你們教主平日住在哪裡？」祕書帶蔡伯諺到一間行政辦公室，喝了一口她泡的金萱茶後問道。

「我們都尊稱他老人家宗主啦！他一個月會來這裡兩天，對信眾布施教義，其餘日子會待在城區的住所，那是一處我們財團法人旗下辦公大樓的頂樓。」

「你們的信徒都有哪些人？」

「我們除了招收一般男女信眾外，也會收留一些身心受創或殘障的信徒，在基金會運作下，他們得以安心在此接受宗主的傳道授業。」

「最近你們教主……，嗯……，宗主有遇到什麼情感、財務之類的糾紛，遭人挾怨報復？」

「沒有耶，一切都很正常啊！」

「可是，不是有女信徒告他性侵嗎？」

「那是天大的誤會啦，我們也委請律師要告她誣告、譭謗宗主的清譽，現在宗主不在了，恐怕再也無法還他清白了。」她講得有點激憤。

「宗主去世之前，本教的運作都如常，實在想不出有誰會對他下此毒手。」她泫然欲泣，輕輕拭去眼角的淚珠。

女祕書有問必答，只是玄元無罡教「雙修」的內幕絕口不談。

「自從拜在宗主座下，我的人生才有了陽光，他老人家指引了我一條明路。」蔡伯諺隨機訪問了幾個在園區的信徒，周偉業死後還有一些不相信他已溘然仙逝的信徒這麼說。

「上人的慈悲是無庸置疑的，我感受最深刻了。我的業障很深，都是宗主的恩澤法喜照應接引我，他無私無欲的弘法利眾、大威大德在感召我們、指導開悟我們，同修們才會共心護持。」自稱是法清上人永遠的追隨者悲慟不已地說。

一位女信眾哭得如喪考妣，哽咽的說：「我以前活得醉生夢死，追隨宗主後才知道懺悔回饋，從懵懂無知到頓然開悟。現在心裡充滿了法喜安樂，我不相信他會棄我們而去。」

蔡伯諺回來後報告說：「我覺得玄元無罡教的宗主真的有一套，很多信眾都很信服他，我要是有他手腕的一半就不錯了。」他邀功似的說，「接待我的一位祕書給了我一份玄元無罡神教的組織圖，妳看一下。」

「就只查到這些？」孫幗芳看了一眼淡然的說。

「他們基金會的財報、信徒名單，她都以個資保護不便提供，付之闕如啦。」他脫口說出一句成語，「他們教裡登記有案的大概有男信徒120人，女信徒160人，有行政權力的從宗主到副宮主大概有24人，說大不大，說小也不小……。至於三四千個信徒之說，就是那些在有名氣的政商名人號召下，曾經去聽道的學生啦、市井小民之流的信眾。」

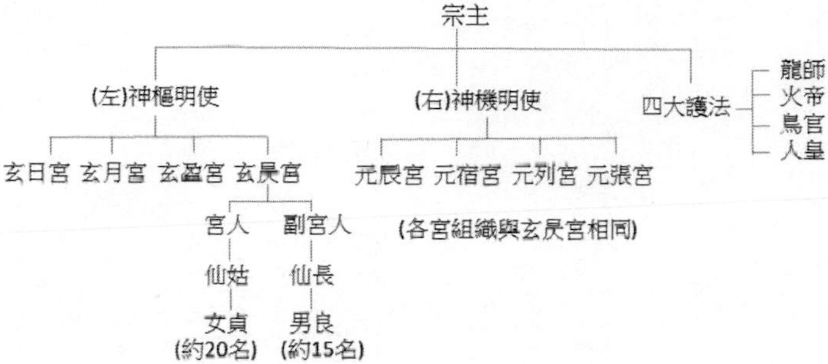

「教呼」：『宗主韜光養晦、神光普渡眾生！』

「教義」：『分尊卑、明長幼、忠於宗主、福澤無盡無窮』

「規章」：信徒每日要畢恭畢敬的對宗主的照片磕頭膜拜三次。遵從宗主的教誨，對祢的聖諭念茲在茲，奉為圭臬。

「教條」：宗主是至高無上的萬靈之主，在您聖恩福澤下，賜給我尊榮的華冠修身養性，生生不息。感恩祢召選OOO追隨在祢座下，肝腦塗地，無以為報。

「守則」：宗主是普世之王，賜予我們聖潔心靈，女貞/男良 OOO謹向至上的宗主宣誓，我願終生獻身玄元無罡神教，力行宗主的教誨，臣服宗主的旨意與引導。 以上誓詞OOO 至死不渝，奉行不悖。

玄元無罡神教組織圖

6

七月八日　星期三

「殺人有蓄意殺人和隨機殺人，但綁架他人通常需要事先策畫，精心準備，臨時起意成功的顯然少見。」

高子俊和孫幗芳的分隊成員在偵查隊第二會議室討論玄元無罡教宗主被綁架遭殺害一案。會議室有張可坐十個人的會議桌，連接電腦或筆電的投影機嵌在天花板上，開會內容可投射到前方的螢幕，一塊白板還保留掛在牆上。唯一的門上方開了個小玻璃窗，可看到裡頭的人，有一整片玻璃窗戶則可看到外面的景致。

「前幾個小時是關鍵時刻。那個什麼教的教主從失蹤到發現屍體事發多久了？」高子俊看向孫幗芳。

高子俊最恨神棍裝神弄鬼了。

偵查隊裡資深的人都知道，他和他太太多年的婚姻原本幸福美滿，育有一女讀國小五年級，去年初他太太提出要離婚時，高子俊還一頭霧水，以為是他太太有了外遇。豈知竟是前年他太太因閨蜜的牽線，信奉某位心靈禪師後，心性大變，一心篤信禪師的開釋，要她內省懺悔。

高子俊一開始也不曾干涉，等到禪師認為她嫁的是「不對的人」，毅然決然地提出離婚要求時，他才驚覺事態嚴重。

儘管曉以大義或斥責爭執都無濟於事，無法憾動她堅定不移的信仰，仍然義無反顧地決絕而去，女兒的監護權就歸給了高子俊。

他縱使稍微缺乏幽默感，行事作風有點一板一眼，但精明幹練與天生的領袖魅力讓下屬能感受到「令人安心的氣氛」。雖然離了婚、40出頭、還帶個小孩，有一些女同事對他青睞有加，只是他公私分明，沒聽說現在有交往的對象。

對於玄元無罡神教宗主被綁架，他一開始覺得大快人心，辦起此案意興闌珊，孫幗芳暗示他不要帶有個人因素，才打起精神關心起案情進度。

「超過三十個小時有了，從他們向警方報案失蹤起算。」

「是呀，他們原本不想報案，畢竟頭頭不見了，對信徒不好交代。可是手機又一直打不通，也沒有要求贖金的電話打來，他們也怕萬一有個不測，果然……。」王崧驊補充回答。

「這段時間都沒有收到歹徒勒索贖金的訊息嗎？」

「是的。」孫幗芳點點頭。

「正常情況下，綁架者會想要趕快擺脫『人質』這個累贅，被害人活著被找到的機率會隨著時間快速下降。」高子俊向大家解說。

「會不會是被性侵的女子家人或男友犯案的？」坐在角落的蔡伯諺舉手發言。

「你們有查到那個教裡有多少受害女子嗎？」

「沒有。除了上次出面指認控告的以外，他們都守口如瓶，」王崧驊說得有點迂迴，「他們宣稱一切都是正常修身養性的儀式。我內心在ＯＳ，a likely story，鬼才相信。」他咽了口口水。

甄學恩舉手，「既然沒有人出面指控，是不是先往這名女子相關的人去找出綁架者？」

「可以。財務糾紛呢？」

孫幗芳急忙補充說道：「我之前有盤問過那名廖姓女子，她提告後儘管還沒開庭訴訟，玄元無罡教已找過她要求和解。據我瞭解，廖女入教也是期待能『雙修』，但她不清楚雙修真正的意涵，還以為得到教主青睞，等落入虎口才知道根本不是那一回事。」

「雙修？」高子俊輕哼了一聲。

她環視大家，見沒人有意見，繼續說：「她沒有男朋友，父母都是純樸的老實人，有不在場證明，犯案的可能性微乎其微。」

蔡伯諺就之前訪查玄元無罡教的結果報告說：「他們教裡的財務狀況正常，後台很穩，他們宗主不會過問教裡的財務，信眾的供奉也不會直接進到他的口袋。」當蔡伯諺提到宗主時，高子俊一個嫌惡的表情一閃而過。

甄學恩接著報告：「根據路口監視器拍到的畫面，看得出有個女子身形的人在跟蹤他們，犯嫌身分還有待查證。這應該是他們宗……，」他知道隊長討厭那個宗主，急忙改口，「嗯，應該是被綁架者最後的身影。」

「之前的監視畫面呢？」

「我有請鑑識組往前調閱一週的監視器，許組長回報說，其中有兩天在被綁架者固定遛狗時間都有發現同一個女子行蹤。有沒有必要將範圍擴大到他離開三忠路辦公大樓開始？」

「看來是沒必要了，除非畫面找得到她的同夥。」

「看得出他們如何離開小公園的嗎？」孫幗芳舉手。

甄學恩回答：「可能是從公園臨近小路的另一側離開的，歹徒可能知道那邊沒有監視器。」

王崧驊問：「小公園找得到有用的跡證嗎？」

「鑑識組有擴大範圍搜索，只找到一些針筒、保險套、菸蒂、一堆紙張、空瓶，還在比對。都經過那麼多天了才回去找，恐怕……。」甄學恩沒說完的，大家都心知肚明。

「對了，聽說他遛的那隻狗到現在都不知道跑到哪裡去了，不會連狗也綁架吧？」王崧驊彷彿想到什麼。

「可能喔！」蔡伯諺想都沒想就搶著說，「世界上有錢有身價的狗比比皆是，像『金特四世』身價達九千萬英鎊，是從牠狗老爸那邊繼承的，說不定那隻狗也是身價百倍？」

孫幗芳忍不住給了他一個白眼。

坐在一旁的偵查佐阿丹則帶著仰慕的口吻悄聲的對他說：「蔡大哥，這個你也知道啊？」

ଓ ଓ ଓ

「關於這個周偉業，你們瞭解多少？」

「很clear，沒有前科、沒有交通違規紀錄，乾淨得像張白紙。」

「而且沒有婚姻紀錄、出國紀錄。當兵前住在本市，本名叫周煒立，32歲時改名為周偉業。退伍後曾在北部餐廳工作，離職後的工作、收入和就醫紀錄好像憑空消失一般。」

「聽起來也不是那種會偷竊、偷窺、偷拍或偷內衣、性騷擾之徒囉？」

「我認為他改名前後是個分水嶺，應該分別調查周煒立與周偉業時期的生平去向、行蹤、工作等等。」孫幗芳也提出看法。

「好，他怎麼扯上那個教？還有，他以前都在幹什麼？有多少人際關係？五等親內都給我查個一清二楚，刨深一點。」高子俊下令道。

「這陣子有接到幾通電話，」小葉緩緩舉起手，「有人說他老婆被玄元無罡神教洗腦了，現在都待在教裡不回家，希望我們能勸勸他老婆。有一通說那個教是邪教，他要檢舉，我給了他內政部相關部門的電話。還有一通比較奇怪……，」他欲言又止，看著大家，好像不知道該不該繼續往下說。

「有屁還不快放？」王崧驊啐道。

小葉面對幾雙不耐煩的眼光，趕忙說：「那名男子在電話上說，他知道玄元無罡神教的內幕，也知道那個教主是為何被殺的。我聽到這裡心頭一陣竊喜，問他願不願意到隊上來詳細說明？他說他不想曝光，一到警局就會被拘捕，他還說要向其他媒體爆料。

「我安撫他說沒這回事，而且你既然不想曝光又為何打這通電話？他竟然很激動的說：『因為那些媒體不相信人是我殺的』。」

「聽起來很詭異，若人是他殺的，媒體豈不是像禿鷹見到獵物那般飢渴，想爭相取得獨家新聞。」

高子俊指示甄學恩去幾家報社媒體打聽，是否有這號人物向他們提供這類消息，同時交代小葉務必找到此人來偵訊。

會後，大家除了高子俊交辦的事項外，還往會議中做成的下列論述去調查。

一、凶手為何要把周偉業綁得像木乃伊再棄屍？動機？直接棄屍不是乾脆俐落？

二、周偉業有沒有這種傾向？很多人表裡不一致，也許值得去挖，結果往往會出人意表。

三、凶手只是在故佈疑陣？誤導我們往ＢＤＳＭ的方向偵辦？不少ＢＤＳＭ的同好是同性戀者（徐法醫也例舉過一些男性名人士同志，但周偉業應該不是被同志凶手做束縛，失手致死再棄屍，因為法醫檢查過他的肛門），也許他是1號也未必？或者只是直男喜歡被綑綁？畢竟他性侵過信徒，可惜沒有信徒提到她們曾被他綑綁、搞臣服與支配那一套。

四、凶手是獨自犯案或有共犯？

五、日期和地點是隨意挑的，或是有特定意義？

ꕤ ꕤ ꕤ

會後阿丹和蔡伯諺在吸菸室聊了起來。

「蔡大哥，若要將最近這兩件案子聯想成同一凶手犯的案，你覺得要取什麼名字好？」

「我早就想好了，『ＢＤＳＭ**殺手**』，如何？夠不夠響亮？」

「『ＢＤＳＭ殺手』？很OK啊，你會議上怎麼不提？」

「呵，又不確定是同一個凶手幹的，而且你又不是不知道高隊不喜歡巧立名目？」

「說得也是。對了，現在一堆年輕人推著寵物推車滿街跑，狗兒子防雨防曬又有電扇吹，真的是人不如狗啊。」

「那可不嘛，給貓狗吃的糧食五花八門，對自己父母都沒像對毛小孩那麼孝敬。阿丹啊，你養寵物嗎？」

「小時後家裡養了一隻柴犬，現在女友養吉娃娃，有時候我覺得她愛狗比愛我多一些。」阿丹對著牆壁吐出花式煙圈。

「跟狗吃起醋來了？」

「沒辦法，女友要我推寵物車，我就得乖乖聽命，不然……，嘿，你知道的。」

「養小孩畢竟比養狗養貓貴多了，煩惱多，擔心也多，算一算確實不划算。」

「所以蔡大哥也不想生小孩？」

「沒女友怎麼生？」蔡伯諺深吸一口菸再用力吐出來。

7

七月八日　星期三

「West Shadow」是一家兼做綁縛的夜店，位於崇安路上一棟商業大樓12樓。

「唉呀，來這裡的客人行行色色、你叫得出的各行各業都有喔。」

接待甄學恩和偵查佐小葉的是一位自稱「繩師」，叫Kevin的男子，年約三十出頭，理個大平頭和修剪有型的落腮鬍，穿著連身的粉藍色緊身服，身上不知倒了幾瓶古龍水，言行舉止透露著一股陰柔之氣。

小分隊長甄學恩是隊上的開心果，口才便給，有個圓滾滾的大肚腩，他辦案的作風老派但手法務實，喜歡講令大家笑不出來的冷笑話，渾身充滿戲劇張力，素有「甄大膽」的稱號。

「高中生啦、體大生啦、警校生，呃，還有知名健身房的教練啦、消防隊員、業務員啦，連公司主管也是我們這邊的座上客喲。」

Kevin的眼神不時勾向小葉，每說一句，都要帶個語助詞，嗯嗯哼哼的，叫甄學恩聽得怪難受的。

「來我們這裡的客人幾乎清一色是男性，偶爾有人帶女伴過來，不過女性都是受好奇心驅使來玩玩的，專做女性的ＢＤＳＭ也是有的，你們知道的，春明路上就有一間。」

甄學恩心想，我知道才怪，但隊上搞不好真的有人知道。

「我們也不是每天做綁縛，平日就只是一般的ＰＵＢ，只有固定星期日的某段時間才開放會員進來。」

「還要先入會喔？」小葉不經意的問。

「當然啊，又不是阿貓阿狗都讓他進來。唉唷，失言了。」他捂口笑著。

「消費呢？」

「每次都有低消，一杯飲料，可看也可體驗被綑綁。對了，兩位喝點什麼？本店請客。」

「不了，辦公事先。」

「可別說你們都戒酒戒咖啡哦，沒一點癮頭的客人本店可不歡迎。大家若都只點低消，本店可要喝西北風了。」

「有低消可看綑綁還可體驗什麼？」

「我要強調喔，我們不做黑的，也不媒合，對上眼要約砲、要幹嘛可是與本店無關唷。唉呀，什麼約砲嘛，我亂講的。」

甄學恩哼了一聲，「你這不是此地無銀三百兩？」

「嘿嘿，我們的調酒師也是一位繩師喔，就吧檯那位帥哥，」他岔開話題，「綁繩或道具可自備或本店提供，綁好後可用自己的手機拍照留念，同不同意讓別人拍或上傳端看個人意願，我們都有強調露臉記得要打馬賽克喔。」

「為什麼？」

「沒幾個人會想讓別人知道自己有這種興致的啦。」

「喔，就像情侶之間拍親密照不要拍到臉，或記得打馬賽克保護自己一樣？」

「差不多，警官懂喔。」

平頭繩師接著跟甄學恩和小葉解釋什麼是ＢＤＳＭ，甄學恩來之前就大概略知一二，只是從沒想過日常生活中有這種非日常生活的行為，違和感就打從心底升起。

「ＢＤＳＭ就是綁縛與調教（Bondage & Discipline，即B/D），支配與臣服（Dominance & submission，即D/S），施虐與受虐（Sadism & Masochism，即S/M）的縮寫，是一種讓彼此達到性愉虐的行為。

「這種將手背到背後的綁法是日式的，」他看著甄學恩給他看的照片說，「繩縛是一門藝術，光基本手法、名目、花樣、技巧就五花八門，什麼單柱縛、雙柱縛、半扣、雙半結、十字扣、首枕縛、龜甲縛林林總總，玲瓏滿目的。」

講到專業，他語氣就自豪了起來。

「日式縛起源於捕蠅術，又有初、中、高階的套路，雖然我稱為繩師，也只到初階等級，在這裡騙吃騙喝也足夠了。」

「會把情色、變態搞得像學術般作研究的大概只有日本人有這本事吧？」

「不同的繩子有什麼區分？」小葉好奇問。

他弔詭的笑了一下，好像說，原來你也懂的嘛。

「看你要多刺激？束縛繩一般用麻繩或棉繩，童軍繩太痛了，棉繩當然比較舒適。麻繩可分單股或雙股，綁手的繩子長度通常有8公尺和10公尺，胸繩則長些。麻繩買來之後先煮一煮、消毒、讓它軟化再浸油。照片裡的就是麻繩。」

「這麼費功啊？」

「這樣繩子的毛刺才會脫掉，當然啦，有些人就喜歡毛毛刺刺的感覺。我們還會配合其他道具。」

「還有道具？」小葉看不出是真不知道還是假裝不知道，甄學恩覺得自己快脫節了，慶幸找了小葉一塊來。

「像狗頭面具、狗尾巴啦，有些人就是喜歡當狗奴，被套上項圈，叫幾聲『汪！汪！』，做幾個有些難度的動作，」他邊說邊擺姿勢，「呵，他們可是爽死了。至於眼罩、口塞、散鞭都是稀鬆平常的道具。還有人會穿蜘蛛人啦、蝙蝠俠啦那些動漫英雄的服裝被綑綁拍照留念。」他掩著嘴巴竊笑著。

「有開教學課程招收學員嗎？」甄學恩問。

「我不會開課教授，但來此消費消磨時間的人看我幫客人綑綁，耳濡目染就學會也未必喔！」

「被綑綁的人還會要求被鞭打嗎？」甄學恩進一步問。

「那要看每個人的需求度與感受度，只要注意分寸和安全即可。人哪，都有變態的一面，只是還沒被開發出來，或者說還沒遇到你的導師吧？」

「你說的似乎很光怪陸離，哎，你看這張照片的綁法眼熟嗎？」甄學恩把照片再給他看一次。

「這是後手直伸縛基本的蝴蝶扣，也就是8字扣。手法看起來很粗糙，可能是初學者綁的，情侶夫妻間增加情趣玩玩倒是可行。咦？這是最近公廁綁屍案死者嗎？」他把頭更湊近了些。

「這你就不用知道了。」

「警官，你會不會找錯方向了？」他的警覺性突然升起。「我們這裡只是同好觀摩學習的地方，安全又專業，不會有你要找的凶手啦。」

「別緊張嘛！像這樣被五花大綁有什麼樂趣可言？還搞什麼窒息性性愛，唉，搞出人命就嗚呼哀哉了。」

「你不是同好不懂其中妙趣，有人就對繩痕很著迷，就是會上癮，不然你們怎麼會有抓不完的毒蟲？」

「你這什麼比喻？那我問你，你有沒有遇過特殊癖好或舉止怪異的人？」

「比如說……？」

「就比較色或猥褻的人，或……」甄學恩使了個眼神。

「這怎麼看得出來，況且……，跟您說實話，」他向甄學恩靠近了些，悄聲著說，身上的古龍水味道對著甄學恩直撲鼻而去。

「我們這邊的客人很多是gay，想嘗鮮才來的，一上癮就變成長期客戶了，他們對女人沒興趣，沒有你說的那種人。同志殺手？呵呵，那是電影才有的情節吧？」

「凡事都很難說……。」

「網路上有專門討論BDSM的社團，他們提供的影片、照片、圖片夠你看的，市面上也買得到教綑綁的書。是有幾家針對男女做教學的club，你查一下就知道。要學綑綁的管道多的是，想當M或奴的人也不少。」他癟嘴故作神祕狀，「唉呀，我對你透露太多了，你不要說是我說的喲。」

「有會員資料嗎？」

「警官，不用麻煩吧？社會上有這種特殊癖好的族群又不足為奇，但他們還是不想曝光。聽同業的說，他們還碰過律師、教授這種高級知識份子，愛好BDSM的可不是人格異常喔，我們都被污名化了。」

「那膠帶綑綁呢？」

「膠帶這塊領域我還不熟悉耶！」Kevin嫵媚的說。

有個網友開車經過便利商店，他的行車紀錄器剛好拍到有人被強行拉上車的影片，就po到社群網路的「爆料噪咖」社團。經過幾天後有150人按讚、35人按哇、24人留言，有個同學認出影片中的女生疑是馮慈苓，才向警方報了案。

紀錄器拍到的車號一清二楚，在循線找到她的前男友到案說明前，當地警察秉持著不放過任何可疑嫌犯的辦案原則，就已先找到龍華社區婦人提到的獨居單身漢，也拘提到案說明，只是涉案的嫌疑實在太小，當場就釋放了。

比對行車紀錄器後，警方也找到幾天前馮慈苓光顧的便利商店，該店的監視器是有拍到馮慈苓手上拿著一杯咖啡走出門外，一個頭戴安全帽男子從對街走過來，兩人一陣口角拉扯後，男子把她強拉上機車，揚長而去，事發經過不過五分鐘時間。

一對年約五十歲的男女站在那裡，看著她的咖啡潑灑一地卻置身事外，認為只是情侶吵架拌嘴，想必是男友抓她去談判或解釋，竟然未報警，網路上也不乏一堆盲從的人，不分輕重緩急只會按讚。

目擊證人若能由一個人的點連結成線，再拓展成平面，也許就不致於錯失了可能破案的黃金時間。

若仔細看監視器，可看出擄人男子技巧性躲開攝影角度，只拍到背部。由身形判斷，身高約175公分，體型中等偏瘦，身著黑色套頭T恤與深藍色窄管牛仔褲，腳上是雙墨綠色的adidas運動鞋。

男子右手抬起想要摑巴掌同時，順著馮慈苓臉部偏向右邊，他旋即轉身到馮慈苓背後，左手拉制她的右手，同時右手摀住她的嘴，不讓她發聲求救。電光火石之間難怪那對男女未查覺有異而沒報警。

ℰ ℰ ℰ

七月九日　星期四

馮慈苓的媽媽接獲學校有關她未參加期末考考試，也沒請假的通知函，馮媽媽根本不清楚馮慈苓選了那些課。以前總有收到類似的通知，她問過幾次，都是千篇一律的回答：大學生哪有不翹課的，翹的就那幾門營養學分，不重要啦。

久了後，她看到這種通知函也就不在意了，只是這次課曠得好像太離譜了，連期末考都不去考。她打手機、打LINE給女兒，都是未接聽狀態，直到警方通知她去認屍，她才驚覺大事不妙。

「馮媽媽，妳知道慈苓在校內、校外及交友的情況嗎？」

從東部趕上來認屍的馮媽媽在偵查隊孫幗芳的辦公室正泣不成聲的哭著。她穿著碎花洋裝，手上勾著一個半新不舊的包包，宛如只是出門拜訪朋友。

「她很乖巧的，都會打工自己賺學費，我千交代萬交代，一個女孩子出門在外念書要小心壞人。」

孫幗芳開了一小包抽取式衛生紙給她。

「慈苓是怎麼死的？我真不甘心哪，好好一個人，怎麼說沒就沒了，是哪個殺千刀的殺的？」

「我們正全力在找凶手，妳能提供一些線索嗎？」

「警察大人，妳一定要幫慈苓找到凶手，給他判死刑，關到死也好。」

馮媽媽一把眼淚一把鼻涕，把孫幗芳給的衛生紙快用光了，妝也哭花了。

「我問妳喔，妳能告訴我慈苓的交友情況嗎？」孫幗芳細聲地問，就怕觸動馮媽媽的痛心處。

「妳走出殯儀館後，我們就去問過學校和她幾個還留在學校的同學，都說她最近沒什麼異狀，頂多這學期期中考有兩科考得不理想。」

孫幗芳停頓片刻，觀察馮媽媽的反應，看到的是她一臉的茫然。

「我……，我不清楚她有沒有交男友，都沒聽她提過。」

「同學也是這麼說。在便利商店強載走她的男子都沒人認出來。」

「她的室友呢？」

「和她同住的室友是不同系所的，妳不知道嗎？」

馮媽媽輕搖著頭。

「大家平時只是見面點頭打個招呼，問不出所以然來。她有沒有感情好的閨蜜？」

馮媽媽沉思了一會，再次搖頭，顯然她也不清楚。

「她的房間很整潔，我們把她的筆電拿回來，正在破解密碼，希望能從中找到有用線索。倒是在抽屜找到一包治療抑鬱症但過期的藥——德安緒糖衣錠Deanxit，藥袋是好幾個月前從某醫院拿的。」

「沒聽她說有在看病吃藥啊？」

「妳知道她有這個病多久了嗎？」

「抑鬱症？什麼是抑鬱症啊？」馮媽媽的頭搖得像支波浪鼓。「是在煩惱課業還是什麼，這女孩子怎麼都不跟我說，枉費我養她這麼大。」

8

Dcard犯罪推理版

匿名　男

#請益　你加入玄元無罡神教了沒？

七月九日　17:24

玄元無罡神教最近好夯啊，報紙媒體都在報那個宗主死翹翹了，是真是假？他不是什麼老祖再世嗎，之前才到我們學校宣教，我女朋友還硬拉著我去聽。那個宗主看起來一副道貌岸然的樣子（個人覺得啦），沒想到講起道來還有模有樣的，我是聽不太懂啦，反正我也不信那一套。更早時他還鬧出花邊新聞被告了，不知道你們有誰是入教的？

愛心10　**回應**72

~~~~~~

台中XX科技大學

B3　七月九日　17:40

不是花邊新聞，是性侵。好可怕喔，性侵耶！

~~~~~~

原PO

B3　七月九日　18:12

對啊，我女朋友還說不可能，她信得可虔誠了，我們為了這事吵過好幾次。我還問過她交錢了沒，她就不說，哼，想也知道。

~~~~~~
~~~~~~

高雄第一XX大學

B10　七月九日　19:05

我系上有位女同學的媽媽是教友，她媽媽也拉過她去聽道，她去過幾次，好像有點被洗腦，後來逢人就說信那個教多好多好。這下好了，看她還信不信，有些人就是不到黃河心不死，不見棺材不掉淚。哈，會不會說得太嚴重了？

~~~~~~

原PO

B18　七月九日　19:38

雖然說宗教信仰自由，但很多打著宗教旗幟的團體，神祕又淫穢，難怪自古至今，國內外邪教妖人事件層出不窮。像美國的「人民聖殿教」在1978年有914名信眾在南美洲集體自殺；日本「奧姆真理教」的東京地鐵沙林毒氣事件，害多少無辜的人死亡，邪教太可怕了。

~~~~~~

嗚啦啦

B25　七月九日　20:36

據小道消息說，他被膠帶綁得像木乃伊一樣，我可以想像電影「神鬼傳奇」裡面安蘇納姆的模樣。

~~~~~~

華X科大資工系

B40　七月九日　20:43

B25神鬼傳奇是多少年前的老電影啊？我都還沒出生耶！

~~~~~~

台北藝X大學

B55　七月九日　21:14

「法輪功」算是比較有爭議和分歧的教吧？它被中國鎮壓，世界各國卻不認為是邪教。韓國「新天地教會」以欺騙模式進行傳教，因COVID-19產生群聚感染疫情，大家還記憶猶新吧？那也算是邪教吧？

~~~~~~

東X大學環境保護與工程系

B70　七月九日　21:39

我們學校也有很多宗教社團和團契，我都不會也不想參加。說個八卦，我身邊有個同學是同志，但他是基督徒，不敢出櫃。大家有什麼建議嗎？我要強調喔，真的不是我本人。

ᢁ ᢁ ᢁ

張書宇▸【爆料噪咖】

最近有媒體針對玄元無罡神教下了個斗大標題：「荒謬邪教！神棍慘遭殺害，魚塭發現棄屍」。我要爆料我老婆加入那個教後，我就開始了我悲慘的人生。

我要罵他一聲狗雜種舒口怨氣，你們知道我老婆去搞什麼「雙修」後就不回家了嗎？家裡兩個小的就丟下不管。

我也曾經參加過幾次講道，都在說我們業力有多重，不消解渡化就會牽引，會有果報，會波及身邊的人。後來我覺得事有蹊蹺，裡面的上層老是要我捐款讓宗主加持，還沒見過他我就先落跑了。
~~~~~~

#參加過玄元無罡神教的人
#慘痛的經歷
165 70則留言

先前的留言

Chanel Lai 幸好我覺悟得早，我也參加過幾次，和樓主相同，只是沒有老婆去雙修啦

汪偉成 如果我老婆和他搞什麼雙修，我一定提離婚 6

張書宇 汪偉成 為了小孩，我不敢提

汪偉成 張書宇 大哥辛苦了，你老婆現在回家了嗎？

張書宇 汪偉成 嗯！

Jacky Lo 宗教也不是都是斂財的啦、迷信什麼的，多數是有神聖宗旨，教人斷惡向善、慈悲謙遜，端看你認不認同你信仰的教。

姚明莉 Jacky Lo 我是什麼都不信的，我只信「睡教」

千惠子 不知道那個教沒了宗主，接下來會繼續茁壯還是鳥獸散、分崩離析？我不是要落井下石啦，但我猜是後者 1

9

七月十日　星期五

馮媽媽認完屍，確定是馮慈苓，也簽了解剖同意書。

「鑑識組的報告出來了，在裹屍的毯子發現的毛髮有狗毛和人的體毛，還有綁繩的毛刺，沒有血跡的反應。」甄學恩看著筆記本照本宣科。

「先說個常識給你們知道，」還沒開始驗屍，徐易鳴就賣弄起他的專業來了。「人類的陰毛質地較硬、捲曲、橫剖面呈扁平狀，頭髮質地相對於陰毛偏軟、捲曲度較小、呈圓柱狀，腋毛色澤較偏淡、質地軟、捲曲、呈類圓柱狀。」

甄學恩查看筆記本怎麼寫的。

「不用看了，和許組長合作久了，背都會背了。所以人的體毛是……？」

甄學恩回答：「是死者的頭髮、陰毛及另一個人的頭髮，另外『精斑預試驗』呈現陽性，死亡前後可能有發生性行為。」

「另一個人的頭髮是……？」

「自然脫落的，無毛囊，不知道驗不驗得出ＤＮＡ？」

「別傻了，光提說要建立『刑事DNA生理描繪技術』，將犯罪現場找到的毛髮、皮屑、指紋等證物用來構築嫌犯可能的特徵和外貌，就講了好多年，也不見下文。」

「我知道，你要說政府經費不用在刀口上，盡養些肥貓，蚊子館幾億又幾億拼命蓋，是不是？」

「你又知道我要說什麼了？我要說啊，政府把前瞻基礎建設計畫[3]的錢撥一些些過來就夠了。那怕是杯水車薪也好！」

「許組長在犯案現場時說死亡時間大概是10小時左右，正確嗎？」孫孫幗芳開口問。

「若以**死亡時間 = 37 - 屍體直腸溫度 / 0.83 * 夏季係數1.4**這個公式來算是差不多的。」

「還有什麼條件可預測死亡時間？」

「從屍斑、屍僵、胃部內容物都可以，或抽取眼球玻璃體液測鉀濃度，但棄屍地點的相對濕度、雨量等不確定因素會提高辨識死亡時間的困難度。也有個通識方法……？」

「這我還記得。屍體摸起來溫暖但不僵硬，估計死亡不到三小時；溫暖且僵硬則顯示死亡三到八小時；冰冷又僵硬則顯示死亡八至三十六小時；冰冷又不僵硬則可能已死亡三十六小時以上。不知道正不正確？」

[3] 計畫內容涵括八大建設主軸，透過盤點地方建設需求，執行區域聯合治理之跨縣市建設，編列2階段之4年計畫，期程計八年，經費總額上限八千四百億元。

「難得妳還記得住。屍體送來後我已先拍完照再把麻繩剪斷了，等一下麻煩你們送過去鑑識組，看還採不採集得到可用的跡證。」

「許組長說麻繩要採集到完整指紋很難，這種束縛麻繩購物網站上面琳瑯滿目，隨手一點就買得到，真是無從查起。」甄學恩聳了聳肩。

「你們看，麻繩綑綁的綁痕還是白色的，血液已經不流動了，否則拆除後難免會在身上留下一陣子的印記，真不知道喜好綁縛的那些人是怎麼想的，口味真重！」

徐易鳴指著屍體的胸部、手腕繼續說：「她的嘴唇附近有瘀傷，也許是缺氧時試圖掙扎造成的，指甲呈烏青色，陰道沒有殘留的精液，只有潤滑液，但四點鐘方向有撕裂傷，有可能不是合意性交。」

「可是『精斑預試驗』呈現陽性耶？」

「我猜想是對方戴了保險套漏了一點出來。」

孫孫幗芳嘆了一口氣：「看她被綁成這樣，不知是自願的還是被逼迫的？死亡原因呢？」

「屍體身上除繩痕，沒有掙扎留下的擦挫傷或瘀青。」

「你是說自願的？熟人所為？」

「唔，我想是認識而且信任的人所為。」

「至於死因嘛，應該是窒息。之前那個什麼教的教主也是。我有說過幾種窒息的種類，他是被膠帶封住嘴巴摀死的。也許是在全身被綑綁的過程缺氧死的，雖然尋獲屍體時沒看到嘴巴有膠帶封著。」
孫幗芳邊聽徐易鳴說，邊回想著那天解剖周偉業的情形——經過解剖後，眼瞼有出血點，肺部沒有水性肺氣腫，胃部也沒有導致溺死的液體，這就是悶死與溺死的差別。

ຂ ຂ ຂ

「你們知道ＢＤＳＭ吧？這是一種愉虐或虐戀的行為，包括綑綁、施虐、受虐、鞭打、服從種種元素。」徐易鳴突然換了個看似不相干的話題。
「徐法醫，你也懂這些啊？」
甄學恩把三天前拜訪「West Shadow」的情形大略說了一下。
「哦，沒啦，工作上總會派上用場嘛，常識啦，常識。」他笑得有點尷尬，「可別說你們沒看過《格雷的五十道陰影》喔。」
他其實也沒把孫幗芳當女人看，每次看血淋淋的解剖，還能談笑風生的女性他沒碰過幾個，她會升到分隊長不是沒有原因的。
孫幗芳隨口問道：「你是說，她當下做著ＢＤＳＭ行為，因為失控了才……？」
「嗯……，我是覺得死者死的當下正在進行窒息性性愛，那是『性偏離』的一種，或者說是『性偏好症』。」

「為什麼不是『自慰性窒息』？」甄學恩一本正經地問。

「很明顯啊，雙手被反手綑綁，全身也是綁得跟粽子一樣，哪還有手自慰，而且陰道還有殘留的精斑？對了，你怎麼知道自慰性窒息，你在誆我喔？」

甄學恩哈哈一笑：「我在之前的單位有辦過這種案子。我還記得死者是一位男大學生，死在外面租的三房單身宿舍，我到現場的時候，他已沒了心跳，桌上的電腦螢幕還暫停在那種畫面，精液已流了一地。」

甄學恩說完瞄了孫幗芳一眼，只見她神態自若，彷彿只是聽了一個冷笑話。

「你們知道會自慰性窒息性愛的多數是男性嗎？」

「是喔？」

「他們會穿著女性的衣物做那檔事。世界上因自慰性窒息而身亡的名人也不少喔，有政治家、音樂家、搖滾樂歌手、演員，他們會自我綑綁，從中得到高潮，而且醫學上就有個名詞，叫『窒息癖』。」

甄學恩和孫幗芳兩人聽得瞠目結舌，不解這有什麼樂趣可言。

「她是被摀壓口鼻導致窒息死亡的，這點我胸有成竹，要不要賭一下？贏的點餐，輸的付錢，竹屋日式料理就好。」

徐易鳴做完最後的體表檢查後宣布說：「好了，體表大致檢查完成了，我們開始解剖吧。」

他最後綜合解剖結果，寫下了驗屍報告。

死亡原因：窒息（捂死）。

外部檢驗：嘴唇附近有瘀傷、指甲呈烏青色。

顱部檢驗：眼瞼有密集的出血點、口腔黏膜有局限性出血、顳骨岩部因內耳受壓導致微出血。

胸部檢驗：肺部有血斑、沒有水性肺氣腫，應該是塔氏斑[4]（Tardieu sport）。

陰部檢驗：陰道四點鐘方向有撕裂傷。以下空白。

至於胃部的內容物是空了，只有十二指腸還有些食糜。

七月十二日　星期日

「在便利商店前我強行把她載到我們以前常去的咖啡廳。」坐在偵訊室甄學恩對面、馮慈苓的前男友神情萎靡，前女友被殺的事實帶給他不小的震撼。

男子是大馮慈苓兩屆、在社團認識的學長，曾經交往兩年多。不知是面對警察令他膽怯，還

4 機械性窒息，屍體的內臟和粘膜可見瘀點性出血，主要分布於心外膜和肺胸膜下的紅褐色出血點。

是對馮慈苓的死感到餘悸猶存，蒼白的臉色讓沒刮乾淨的鬍渣更凸顯。

懊悔、恐懼、緊張、懷疑寫在臉上。

他的手肘撐在桌上，指尖急促的互碰，目光四處游移，表露出緊張的神態，畏畏懼懼的說：「我沒有別的意圖，只是想和她復合，……」

甄學恩面無表情，交疊著雙臂，眼光銳利如刀鋒，宛如雕像般不發一語。

男子心想，他有沒有在聽我講啊？一旁年輕的警察則邊聽邊做筆錄。

他絮絮叨叨說起如何認識馮慈苓。

剛開始兩人是多麼恩愛，只是時間久了就變了調——他愛上別的女孩。馮慈苓不願分手。他們如何藕斷又絲連。再在一起時他會動手打她，可是他不是故意的，都是馮慈苓不識相老惹他生氣。後來她不告而別，他很嘔氣，只有他能提分手，怎麼是她在主導（叭啦叭啦……）。

「所以你就綁架她？」甄學恩突然開了口，讓他嚇了一大跳，一旁的阿丹暗自竊笑。這是開始錄音後除了開場白，甄學恩的第二句話。

「沒有啦，綁架要被關的，我哪敢？」他說得唯唯諾諾，「她在咖啡廳斷然的說：『不可能，以前和你在一起，我抑鬱症的藥總是不離身，你離開後我就海闊天空了。』就算我好說歹說，她也不願意再給我機會。」

「她為什麼得抑鬱症？」

「呃，……」他思索了半天才說，「應該是我又劈腿還打她吧。」

「你後來還劈腿？我最看不慣會動手打女人的男人了。」甄學恩「哼」了一聲，「劈腿還想吃回頭草，我看你是積習難改吧？」

他不敢接嘴，視線低垂，眼睛不安的眨著。

「你看她有什麼不尋常的地方嗎？」

「比如說……？」

「比如說她交了會對她施暴或綑綁的新男友？比如說她的抑鬱症好了？比如……？」

「我不知道……，呃，應該說我沒問。」他的喉頭動了一下。

甄學恩仔細的觀察他五官的變化，希望從微蹙的眉毛、翕動的鼻翼、眼神的游移察覺他是否在說謊。

他看甄學恩不動聲色，又說：「警官，你信不信……，」

「洗耳恭聽。」

他改口說：「這時咖啡廳的喇叭箱竟然播出鄧紫棋和周興哲合唱的《別勉強》。」

甄學恩沒聽過這首歌，偏頭看著阿丹。阿丹輕輕點著頭，表示確實有這首歌。

「——別勉強~走向到不了的遠方~愛不是對承諾逞強~~」他輕輕的哼唱起來，情緒有些波動，接著就掩面嚎啕哭了起來，甄學恩楞楞的看著。

半晌，他才說：「警官，你有哪一首歌會唱出你椎心刺骨的痛嗎？」

甄學恩搖搖頭，心裡充滿著不屑——年輕人才搞那一套吧？

「或許是天意吧，連老天也要我放手，對這段感情別再勉強，畢竟是我辜負人家在先。」

「後來呢？」

他幾乎脫口說出「我還是愛著她的」，但仍硬生生的把話嚥回去。「我們沉默了良久，我才哽咽的對她說聲遲來的『對不起』。」

「你還有沒有再見過她？」

「沒有，從那時起我就沒再見過她了。」他信誓旦旦的說，微微噘起的嘴有點顫抖。

「交代一下不在場證明。七月四日八點至七月五日十二點你在哪裡？跟誰在一起？都做了什麼事？」

他想了許久才說清楚行蹤，阿丹仔細的記了下來。

甄學恩拿起桌上原先準備的繩子給他，要他照圖打個單柱縛並錄影，以便研判他是否偽裝成不會打繩索。

沒有確鑿的證據可拘捕他，只好先讓他在筆錄上簽名畫押，初步排除他涉案。交代完他要隨時候傳並且會調查他說的不在場證明後就先釋放回去。

10

她的雙唇在我臉上寫下了魔咒，從此我的心，我的呼吸和我的夢，都被她偷走了。

——Carlos Ruiz Zafón薩豐《風之影La Sombra del Viento》

馮慈芩看完簡醫師的診那天晚上接到一通未顯示聯絡人號碼的電話。她想八成又是拉保險或推銷貸款的吧，她接都不想接就直接按掛斷鍵。

但電話鈴聲像催魂似的一直響個不停。

「哪位啊？」她沒好氣地問。

「妳好，請問是馮慈芩小姐嗎？我這裡是佘綜合醫院藥劑部。」電話那頭的聲音就是一般職業性的語調與用詞。

「我是。」她淡淡的回應。

「妳今天有到本院看診，簡醫師漏開了胃藥給妳，妳何時方便再帶健保卡過來藥局拿就可以了。」對方接著說。

「我……，我最近有點忙，恐怕……」她想胃藥不過是味素藥，不吃也沒關係，才不想再多跑一趟。

「要不我送過去給妳。」電話那頭話接得很快。

「你們醫院的服務什麼時候變這麼好啊？」馮慈苓的口氣有點酸。

「哈，服務至上嘛，現在什麼行業都嘛要讓顧客滿意最重要，醫院何嘗不是如此？」

一個送藥，一個請喝咖啡，年輕人談著談著就交換了LINE。

每天面對生老病死，夏齊章覺得生活得有點麻木了。上班時包藥、幫病人解惑藥品的成分、用法、副作用，下班後就是個平淡無奇的人。芸芸眾生有的七情六慾，他一項也沒少，那又渴望什麼呢？他也渴望愛情，遇到惱怒、哀傷、開心的事有人可以分享。

寂寞時想要有人可以說說話，但不是交友軟體、社群電話中虛與委蛇的那種，而是可以面對面坐下來，可以清楚看到她表情的起伏、感受她情緒的波動、聽到她鼻息的顫動——最好還是可以做愛的女子。

夏齊章的生活周遭已經好多年沒有出現那種女孩了，但今天見了她，就好像有人拿了一株狗尾草撩撥著他。他不自禁地想起她溫熱的嘴唇、身體散發的氣息和濕潤的毛叢，一切都變得無比清晰。

他是真心喜歡她的。她的一顰一笑、蹙眉抿嘴都讓他有一種踏實感、歸屬感，想要好好疼她——慈苓。

「咦，妳不吃醋飯啊？」夏齊章帶馮慈苓去吃迴轉壽司，看她把醋飯撥在一旁。

「嗯，不怎麼喜歡。」

「那簡單，醋飯給我吃，我把握壽司上面的鮭魚、鮪魚、旗魚、蝦子、扇貝統統給妳。」說著說著，夏齊章就把生魚片海鮮一股勁往馮慈苓的盤子塞，自己只吃分開的醋飯、豆皮壽司、花壽司和茶碗蒸。

馮慈苓有時想起前男友表面上光鮮亮麗，大家都很羨慕她，她也不斷地收割自己的虛榮心。等到他露出真面目，不僅劈腿，動不動就發脾氣、打她，她卻寧可被打也離不開他。直到他發覺他再怎麼罵、怎麼打，她都表現得極端沮喪，動不動就哭，體重直掉，他才驚覺不妙——她的抑鬱症就是這麼來的。

夏齊章聽完心碎了，也更加體貼入微，當幸福來敲門，抑鬱症也不藥而癒了。只是……，只是，夏齊章的性慾很強。

馮慈苓為了不想失去夏齊章，會全力配合他，取悅他。當他興致一來，在他家客廳的沙發、地板上、浴室、廚房餐桌，兩人情欲的火花隨時都可綻放。

漸漸的，兩人都中了性愛的毒了。

馮慈苓的眼睛蒙著絲巾，任由夏齊章擺佈。他將她的雙手綁在頭頂上，輕壓著她、輕吻著她，沒多久她就雙手環繞過他，把兩人拉得近些，親得更貪婪、更恣意。

他能感覺她鼻子摩蹭的溫度、嘴唇柔軟的回應、身體的哆嗦。聽得到她喃喃的說：「我愛你！」

猛然一震，夏齊章把她摟抱得更緊貼了，兩人的心、身體都柔軟了下來，像積雪在慢慢融化，深觸彼此的靈魂深處，分享彼此的喜怒哀樂。

「把這套衣服換了。」夏齊章手中拿著一套不知打哪來的薄紗透明的護士裝及白色吊帶襪。

馮慈苓依照他的指示滿足他的幻想。

「低下頭。」他手中不知何時多了一條細皮鞭，他輕輕鞭打馮慈苓，皮鞭在空氣中揮動帶出了咻咻聲，宛如有了生命。

嗯，有點癢、有點刺、還有點痛。

「你很討厭耶！」馮慈苓故意撒嬌的話音還沒落下，他就一鞭抽在她的臀上。

「妳不乖喔，我有叫你說話嗎？有問妳話才可以回答。」

馮慈苓點頭，內心卻狂笑不已。她想，這是在演格雷的哪一道陰影啊？

但，老實說，馮慈苓感覺這種臣服的遊戲還不錯，沒有感到被羞辱。

「趴下！」

她依言照做。

「我是夏醫師，妳這bad girl不乖，我要幫妳打一針。」說著說著，齊章把她的裙子一掀，冷不及防就從後面進來。

「啊！」她驚叫一聲。

他狂暴的抽送著，在急促的呼吸聲中，兩人同時達到顛峰。

就像有些苦修者以鞭笞自己來侍奉上帝，他們現在也體會了這種淋漓盡致的感覺了。

夏齊章不知從哪裡學來的綑綁花招，他的手法不是挺高明的，剛開始馮慈苓極度不舒服，有時候綁到兩人興致全無，試了幾次後才漸入佳境。有時候就像黑洞突然出現一道強光，痛楚、恐懼與全然的快感從她的全身百骸汩汩冒出。

他還會輕輕掐著她的脖子。當她陷入混沌不明的宇宙，感覺地球延遲轉了半秒鐘，出竅的靈魂在體外看著自己的軀體，宛若死而復生。

馮慈苓是信任他的，任由他主宰，若有不適，則說出「安全詞」[5]。因此兩人樂此不疲，哭著求饒，也笑著達到高潮。

夏齊章第一次試著綁住她的手進入時，前所未有的憾動與體驗就像一列疾駛的火車呼嘯著駛進終點站，覺得很不可思議。她說她以前沒嚐試過被綑綁的感覺，想再嚐試看看。

「妳的內心是空虛的，想要被填滿？」夏齊章從影片學來的。

[5] 進行SM前，雙方討論可以接受的底線及安全詞，只要M講出安全詞，S須停止行為，不可讓M感受到不舒服。

她點頭如搗蒜。

「回答我！」他輕輕的在她屁股甩了一鞭處罰她。

「是的，主人。」

「妳看看妳，是不是很下流，濕得亂七八糟？」他輕捏她的私處。

「是的，主人，你快來調教我。」

夏齊章有時會想起金庸的《天龍八部》裡游坦之對阿紫、阿紫對喬峰病態的愛戀。阿紫被丁春秋毒瞎眼睛，游坦之就把自己的眼珠給阿紫。後來喬峰自盡，阿紫因為愛他，又挖出自己的雙眼要還給游坦之，再抱著喬峰的屍體一起跳崖。

他原本是不信世上有這種不可思議的虐戀的，直到讀了日本作家谷崎潤一郎的小說《春琴抄》，才相信馮慈苓也是可以為了他受任何委屈的。

小說寫的是一位眼盲卻貌美又傲慢的富家小姐——春琴的故事。她擅長琴藝，把學徒佐助當成奴隸使喚，佐助卻甘之如飴。後來春琴被自己羞辱過的男人潑滾燙的水而毀容，佐助拿針刺瞎自己雙眼。因為這麼一來，他就看不到春琴被燙傷的臉，而春琴的美貌也就能夠永遠保存在他心裡。

11

七月十六日　星期四

高子俊和孫幗芳在偵訊監控室透過單面鏡看著王崧驊對夏齊章的審訊。

作夢也沒想到大家好幾天未曾闔眼偵辦的綑屍案莫名其妙就這樣破了，真可謂踏破鐵鞋無覓處，得來全不費工夫。

兇手是馮慈苓的現任男友夏齊章，雖然不是蓄意殺人，但是棄屍後十幾天來每天失眠，受不了良心的譴責，他自知法網難逃，就主動出來自首。

夏齊章，31歲，單身，任職於F市余綜合醫院藥劑部。身材高瘦、顴骨突起、嘴唇微薄，表情顯得焦慮而凝重，看似斯文的蒼白臉上掛著一副無框眼鏡，遮不住的黑眼圈配上陰冷外表，像似《暮光之城》男主角愛德華的父親。只是髮際線後退，頭頂微禿，又有沒刮乾淨的鬍渣，說話的語氣顯得心力交瘁。

高子俊對孫幗芳說：「妳看他的眼睛，除了血絲多、浮腫，失眠的人會有的焦慮、無精打采、煩躁、易怒、精神不集中等症狀都沒有。若他的失眠不是身體疾病、精神疾病或環境因素、生理時鐘改變引起的，而是擔憂、不安、煩惱等心理因素導致的，可能有服用藥物或酒精。」

「你怎麼知道這些？」

「妳也知道我太太……，呃，前妻的事嘛，我有一陣子也是連續失眠。」

「難怪，那時候我也覺得不對勁，只是不好開口問。」

ꕥ ꕥ ꕥ

那天他們再次嘗試做窒息性性愛，幾次的經驗告訴他們，大腦部分缺氧的時候更能得到性快感。

她被綁的雙手顫慄著，喘息驟然加重，被貼著膠帶的嘴巴發出「噗哧噗哧」的聲音。夏齊章以為那是滿足的呻吟聲，他不由自主地抱得更緊，死命的衝刺，兩人就像兩條在垂危時刻的魚，激烈的掙扎著。

夏齊章渾然不覺頃刻間事態就變得那麼嚴重，私毫未察她有何不妥的反應，而忘了被貼著膠帶的嘴巴說不出安全詞，直到她全身鬆軟下來，他才猛然驚醒——**完蛋了**。

「我嚇呆了，對施行CPR我是在行的，但當下已經來不及了，已經……，已經回天乏術了。」他抽抽噎噎地說，眼眸中還噙著淚水，夾雜著肢體的顫動。

「我一時情急之下也慌了手腳，嚇得六神無主，大喊說：『我不是故意的，妳不要嚇我！』。我失神呆坐在那裡，看著她逐漸失溫的身體不知所措。我……，我急得如熱鍋上的螞蟻，我……，」

他雙手掩面，越說越激動，「而她……，她當下就在我房裡的一角，我快崩潰了，根本沒有勇氣把床單打開再看她一眼。把她丟到公廁後，我如常上班，隨時擔心警察會到醫院或家裡抓我。晚上也不敢睡，一躺下就想到她驚駭迷惘的臉、求救無門的眼神。」

他一口氣就說了一大段話，好像憋了很久，不吐不快。

王崧驊不急著想要打斷他，遞給他一根煙，幫他點燃。等他吸了一大口，呼出灰色煙霧，先平復情緒。

「我們是男女朋友關係，」等夏齊章稍微冷靜些，他清了清喉嚨繼續說，「我愛她，我絕不可能要害死她。」

王崧驊瞧出他的緊張，卻瞧不出他說的是謊言還是實話。

「我們經常以此助興，也都未曾出過事。我不該玩那麼大，讓她無法說出安全詞。」

「她是被迫還是自願的？」

夏齊章嚥了一口口水，慢慢吐出話來，「我不知道你們信不信，但她真的是自願的。」

「人都走了，死無對證囉！」

「我呆坐了有兩三小時之久吧，心裡一團亂又驚慌失措，茫然無助都無法形容當時的心情。最後我下了決定……，」說到此，他卻沒來由地哭了起來。

王崧驊語氣一沉：「棄屍？」

「嗯，」他抽著鼻子，深吸一口氣，「顧不得剪開繩索——我想，反正屍體上的綑痕也瞞不了人——隨手就從衣櫥拿出一條毛毯把她逐漸僵硬的身體包裹起來。我扛著屍體下到一樓車庫，塞進後行李箱再開出門，對，應該沒有鄰居會看見有何異狀。

「起初只是開著車漫無目的尋找棄屍地點，我盡量找街衢巷弄鑽，一路上還下著傾盆大雨，幾乎看不到有人在街上出沒。」

孫幗芳回想那天晚上八點至半夜的天氣，雨的確是下個不停，她還和波妮玩了一會才上床睡覺。

「我對棄屍的社區公園附近的環境並不熟悉，只是遠遠瞧見昏暗的公園透出一點光，靈機一動就決定丟在那裡。我先蟄伏不動，觀察周遭好久，確定這段時間都沒人出現，於是趁雨勢小了點先跑到公廁查看……。」

至此馮慈苓的棄屍案大致明朗化了，夏齊章已陳述犯罪事實，自首稱罪，做完筆錄後就可當場收押，移送地檢署審理起訴，等待法院判決。

「你口口聲聲說愛她，卻讓她曝屍公廁，這是哪門子的愛？」王崧驊等小葉整理筆錄時問道。

夏齊章啞口無言，他交代完所有過程後，眼淚像潰了堤，整個人頹靡得宛若老了十歲。

「我該死！我是王八蛋！如果我還有一絲理智的殘念，就應該立刻送她去醫院，或許還有生還的機會。」夏齊章畫押後激昂的說。

王崧驊無動於衷，突然問了一句：「你家有養狗嗎？」他想確認鑑識組在裹屍毯發現的狗毛是夏齊章家的還是公廁裡面的？

他怔愣了一下，說：「是啊，我養了一隻鬃獅犬。」

「我還要確定一件事……，你認不認識周偉業？」

他搖搖頭。

「玄元無罡神教？」

「沒聽過。」他沒有斟酌過適當的字眼就脫口而出。

「好吧。小葉，待會讓他交待一下七月一日至七月四日這幾天的的行蹤。」王崧驊看小葉點了頭再轉過來對夏齊章說：「還有，你知不知道你還會多背上一條棄屍罪？」

王崧驊對面的男子悵然若失的喊著，「警官，我絕不是恐怖情人！我是愛她的！她知道我是愛她的！」

小葉將夏齊章押解出偵訊室，準備採取指紋和精液。

王崧驊看著他的背影，不禁嘀咕著罵了一句「You make me sick!」

事後高子俊跟大家說：「我近日看了一齣二〇〇九年的美劇《謊言終結者》（Lie to Me），講述的是利用「臉部動作編碼系統」（Facial Action Coding System）分析被觀察者的肢體語言和微表情（Micro Expression），進而提供被觀測者是否撒謊。

「微表情的是一種人類在試圖隱藏某種情感無意識做出的短暫面部表情。他們對應著七種世界通用的情感：厭惡、憤怒、恐懼、悲傷、快樂、驚訝和輕蔑，或許將來我們可透過AI來辨案，人類面部表情的辨識、情緒分析與隱瞞欺騙都無所遁形。」

「高隊，你是說從我眉頭一皺、眼瞼抬高、手扶眉骨、眼神飄移、鼻翼歙動就能讀懂我內心真實想法啊？那我以後要離你遠一點！」王崧驊說完，大家都同聲附和。

12

夢境裡白得耀眼，猶如過度曝光的底片，像電影裡的死後世界。

——Jo Nesbø尤．奈斯博《焦渴者Tørst》

「要教多少遍你才會啊？當宗主要有宗主的樣子，看你站無站相，坐無坐樣，根本就是扶不起的阿斗！」

「老娘要是個帶把子的，還輪得到你在我面前撒野？」

三十歲的周偉業在餐廳打工糊口時服務過她好幾次，也不知道她是看上他哪一點，一句「吃香喝辣包你享用不完」，就讓他糊裡糊塗跟了她。

她說她叫方秀曦，他們的集團要透過財團法人成立一個宗教組織，一直找不到一個擺得上檯面，外表裝扮一下就有架式、有魅力，又不要太老的人。她在餐廳觀察過周偉業一陣子，認為有符合她要找的人的條件，致於他有沒有這個慧根，她願意花兩三年來賭上一把。

就像偶像練習生的培訓一般，每天不間斷的口條、動作、儀態、表情訓練，枯燥又嚴苛的改造，幸好周偉業都挺過去了。只是練習講道時有時講到中途，她所說的那種「集邪氣與猥瑣於一身」的本性就原形畢露。

「江山易改本性難移嘛，」周偉業表現出委曲的樣子，刻意要討好她。「我已經刻意隱忍了。」

「形象第一、專業其次，口才舉止都可以訓練，況且信仰這東西只要你唬得了人，誰管你虛實真假。」方秀曦不為所動。

「說得也是，我們又不到處去招搖撞騙，只要宣傳得宜，口碑做出去，還怕信眾不會自動上門？」

「一個願打一個願挨嘛，我們是用企業的行銷手法來經營的，你儘管扮好你宗主的角色。你本分內該記的、該背的不要出包，教內的一切自然有人打理。說穿了，你就是我們培訓出來的演員。」

「培訓出來的演員」這句話有時候還是會刺傷周偉業的自尊心。

「記得唷，像不像是一回事，三分樣倒是得有的。」

首先他改了個名字，周煒立……，煒立……？就叫周偉業好了。

有時候周偉業還蠻佩服他自己的，改了個響亮又好記的名字。

「我們是洪荒老祖的弟子，你是祂第一百三十二代轉世的嫡傳。」方秀曦這麼說。

周偉業正經八百的問道：「洪荒老祖是誰？」

方秀曦粲然一笑，在柔軟的嘴唇下露出的牙齒顯然潔白過頭。她已年過一枝花的年齡，有著稍微聳高的顴骨，臉上看不出任何細紋，一身輕熟女的打扮，還是會散發迷人魅力的特質，有時候周偉業會看她看得出神。

「宇宙三世分為渾沌、渾元、渾然，三世的老祖分別是玄黃老祖、盤古老祖和洪荒老祖。洪荒老祖是元　之根，造化的真宗。祂老人家以虛無為道，靈元為性，體任自然，不見其形；可說是生於無形之先，起乎太初之前，長乎太始之端，行乎太素之元。」

她到底在講什麼鬼東西？周偉業心裡直狐疑。

「你只要以《千字文》為本，再旁徵博引，把《易經》、《詩經》、《孝經》、《論語》、《史記》、《管子》、《韓非子》、《莊子》加進來，融會貫通，用你巧簧之舌去闡述擴展即可。只是以你的資質，我看哪，背一千個字就頭昏腦漲了，多了恐怕消化不良。」

「妳還真瞧不起我啊！」周偉業嘀咕著。

「記住重點！看你平日油腔滑調、滿口胡言亂語的，應該會見招拆招了。」

「是喔，我光《論語》、《孟子》就受不了了，還要讀這麼多，豈非要我的命。」

「從《千字文》裡的天地玄黃、宇宙洪荒去加油添醋，你要背得滾瓜爛熟，我們考核過了，才會讓你上場宣揚教義。」她不理會他繼續說：「我們用《千字文》裡的『女慕貞潔，男效才良』為男女信眾取為『男良』、『女貞』，他們才是我們的衣食父母。」

周偉業一聽到「男良、女貞」立即想到男盜女娼，不覺就笑了出來。他深深吸入她的氣味，有乙醛花束的香氣，猜想她今天抹的應該是香奈兒N°5。

方秀曦杏眼一瞪。「我會擔任龍師的職位，是四大護法之一。你就看我的眼色，給你的指示行事。吃這行靠的是巧言令色，但不要浮誇輕佻，要保持神祕感。警告你喔，我們可以造神，就有辦法把你拉下神壇。」

「呵，那我不成了兒皇帝？」

「你想當皇帝還早得很哪！。」

宗主的座下會有四大護法，分別取自宇宙洪荒篇的龍師、火帝、鳥官、人皇，以及左右明使——神樞明使、神機明使。兩位明使分掌玄日宮、玄月宮、玄盈宮、玄昃宮與元辰宮、元宿宮、元列宮、元張宮等八宮。

「這是誰想出來的，還真是天才，」周偉業誇張的說，「我還以為是明教的左右光明使、四大法王、五散人、壇主、香主、五行旗哩，可惜我練不成張無忌的乾坤大挪移。」

除了龍師方秀曦是帶他進門的，其餘火帝、鳥官、人皇都是男的，神龍見首不見尾，神祕兮兮的。平時幾乎不會現身，一年半載能見次面就不錯了。每當周偉業問方秀曦他們是何方神聖，就會被打槍。

「我警告你喔，閒事不需多問，凡事不要逾矩，你只管做好你宗主的本分就好了。」

「咦？我不是本教地位最崇高的宗主嗎？有什麼是不能管、不能知道的？」

有一回周偉業和方秀曦閒話中談及教裡的財務與人事。

「我猜教裡的財務狀況應該是火帝在負責，掌理總務的是鳥官，人皇想當然是管人事的。是不是？」

周偉業望著和自己年紀相仿，精心修飾的髮妝搭配一襲粉藍色連身套裝的方秀曦，有著豐腴圓潤的雙鋒，心裡多了一分遐思。

「我們玄元無罡神教是文馨財團法人旗下某個機構的分支，我不是說過你做好你宗主的本分就好了？好啦，跟你說啦，你說得沒錯。」方秀曦難得展露嬌羞的一面。

「你知道的，掌管玄日、元辰那八宮的宮人、副宮人、仙姑都是女的，唯有仙長是男性，但都不是我派任的。還有，我不得不慎重警告你，我知道你心裡在打什麼歪主意，可不要對我有非分之想。」

周偉業心裡打的主意被方秀曦一眼看穿也不為意，時間一晃就一年多，相處久了脾性也摸清了，只是苦於無法一親芳澤。

「她們都聽命於龍師和人皇，只是她們都好像很敬畏我，仰慕我，害我一直要裝出正經八百的樣子，不敢有何妄想或想染指，實在有違我的本性。」周偉業心想，「有時會懷疑我的身邊有龍師安排的內細，不然我的一言一行她怎麼都瞭如指掌，感覺她如影隨形盯著我？」

有些男良和女貞長期住在溫馨園的「旭陽齋」、「墨雨居」，他們本身有身心上或精神方面的問題，像感情受過創傷的，智能不足的。有嚴重憂鬱症、躁鬱症的患者或有攻擊傾向的、行動不便的則不收治，以免自找麻煩。

周偉業曾經懷疑為何他們的家人不把他們送去醫院就醫，寧可相信怪力亂神？

「哈，連我自己都不信了，我如何救得了他們。倒是他們在宮人、副宮人、仙姑、仙長的引領下，向來相安無事，看起來與常人無異，我不得不自我感覺良好，真的是洪荒老祖在庇佑我。」

神教會選在F市落腳，一則周偉業原本就是F市人，一則集團在F市市區與郊區交界處有一塊約兩三甲多的地，交通也便利，籌備期間就開始摩拳擦掌，打算大張旗鼓招募信眾了。

光背千字文就讓周偉業幾次想放棄，詰屈聱牙又晦澀難懂，還要配合《淮南子》、《尚書》、《禮記》、《春秋》、《神農本草經》、《漢書》講道，幸好他們會寫好講稿讓他背。

後來周偉業發現每次只要針對其中四個字串連某一本書的某一章節，就可以蓋一兩個小時，抓到訣竅後簡直如魚得水。

他還會用前生與來世的輪迴來講道，說什麼凡事都有因果，前世不願布施所以今世才會是窮人，今世要會「捨」，才能增加來世的福報之類的。

周偉業倒是不會講誰誰前世是員外與長工，因員外夫人愛上長工私奔，今世要來報恩這種連他自己都不信的鬼話。

除了信徒自行提出的、名正言順的「雙修」會在溫馨園的雙修室進行，周偉業看上的女信眾或女貞，上面總會以種種名目促成他們的雙修。這點是讓周偉業死心塌地為玄元無罡神教賣命的主因，也彌補了無法與方秀曦共赴巫山雲雨之苦，但假以時日難保她不會親自送上門來。

多數的女信眾都覺得能沾上宗主的雨露，是無上的光榮。但有時候周偉業甚至會懷疑她們是不是被下了藥，他食髓知味，就管不了那麼多了。

有些是周偉業看上眼的，他會私下把她找來，告訴她業障很重，需要幫她調教化解。這時他就會把她們帶到文馨財團法人位於三忠路辦公大樓的頂樓。

「哪知道姓廖的這丫頭這麼不上道，竟然告我性侵，還被地檢署起訴！」周偉業當下憤怒不平的直抱怨。

周偉業近年來習慣晚餐後出去遛狗，他總會戴頂漁夫帽、穿休閒的運動服，有時還會戴口罩，避免被人認出來。狗女兒Lulu是隻兩歲大的吉娃娃，不是說吉娃娃天生弱勢嬌小愛亂吠嗎，牠就不會亂吠。在和女信眾雙修或背講稿時，牠都會乖乖靜靜地陪在一旁，不吵也不吠。

祕書總是堅持要陪著他去遛狗，周偉業不懂他們在怕什麼。他想方設法玩起「如何支開煩人的祕書？」的遊戲，偶爾他也想要有私人空間吧？

今天周偉業照舊帶Lulu出去，只是官司還在訴訟中，心情也鬱悶很久了。

他們沿著固定路線走了一公里左右，他心血來潮來個急轉彎，試圖擺脫祕書。周偉業先竄進一棵大榕樹樹下躲起來，Lulu似乎也懂得他的心思，知道要玩新把戲，嘴巴閉得可緊的哪。他先把手機調成靜音，免得祕書打來找他讓聲音曝露了行蹤。

眼睜睜的看著祕書匆忙又著急地往前疾奔，周偉業心中不禁得意起來。

今晚遛狗的人好少，不然就可以和他們閒話家常，他太久沒當正常人了，平日宛如戴著面具生活，如果能釣個馬子就更棒了。

「馬子」這名詞突然在周偉業心中激盪了一下，他好懷念以前的日子啊。

等了約莫十來分鐘，有個女子往他身旁靠了過來。今晚夜色不夠明亮，她又背向路燈，面孔甚是朦朧。第一個印象是她留著那種耳下三公分至下巴的髮型，體型中等，不高，沒什麼腰身，露在褲裙外的小腿略粗了點，肩膀也較為寬闊些。

——不是我喜歡的玲瓏有緻、高挑修長型的。而且我覺得女人若有空谷幽蘭之感，看似冷漠孤傲，則更有加分作用——周偉業心想，但無魚蝦也好。

當她開口問周偉業是不是宗主時，他順口就回答：「是啊，妳認得我嗎？」

當周偉業直覺她的聲音不像教內女信徒們的嬌儂軟語時，正想仔細打量她，突然手臂一陣刺痛，瞬時一陣昏眩襲來，緊接著後腦杓遭到一記重搥。

在昏厥前，周偉業只記得Lulu的吠叫聲一直在耳邊響著。

ꝣ ꝣ ꝣ

燦白的環形燈管突然被撳亮，周偉業眨了眨眼，慢慢睜開眼睛，意識漸漸恢復了。他環視四周，知道正身處在一間浴室裡頭。

他正以坐姿坐在地上，雙手高舉過頭，被綁在一根掛毛巾的橫柱下面，雙腳直伸，腳踝被綁在一起。雖然試圖拉扯掙脫，只是徒勞無功。

周偉業聞到一股霉味和潮濕味，正想開口，才發現嘴巴被膠帶封住。

「這是什麼地方？我被綁架了嗎？經過多久時間了？教裡的人知道嗎？報警了嗎？」周偉業心裡有無數個疑惑。他在公園的最後一刻閃過腦海——好像是一位女子靠近他問話，她的聲音低沉且沙啞，還沒看清她的面孔就不省人事了。

沒多久周偉業就聽到門被打開的聲音。

進來的不像是公園那位女子。

他身高頂多160公分出頭，不會超過165，留著像韓國花美男團的中性髮型，不是在公園看到的那位女子的髮型，體型偏瘦小但結實，皮膚緊緻，嘴唇白裡透紅，看不出明顯的喉結，左耳垂又戴著耳環，讓周偉業感到有點錯亂。

周偉業心裡在嘀咕：現在怎麼那麼多年輕人雌雄莫辨，長髮披肩的男性與理平頭的女性比比皆是，讓人分不清是男是女？還是我跟不上時代了？

男子（女子？）手上拿著一把刀和一支針筒，裡面不知充填了什麼液體，把周偉業嘴巴的膠帶粗魯的撕開，開口就問道：「你是周煒立？」

周偉業嚇了一跳，已太久沒人叫他周煒立了。父母去世後他就孤家寡人一個，熟識的、有往來的親朋好友沒幾個，但都知道他已改名為周偉業。

「是……，你認得我……？」周偉業囁囁嚅嚅的說，感到口乾舌燥。看著他的樣貌，瞬間閃過和某個認識的人似乎有點相似，但又想不起來那個人是誰。

「你是在公園向我問話的那位女子？你是男的吧？我被抓來這裡，教裡應該急壞了。你知道我是誰嗎？你是在開玩笑還是惡作劇對吧？」周偉業急著問了一堆問題。

「還記得24年前你和你那群狐群狗黨幹的好事嗎？」他卻答非所問。

「24年前……？24年前我還是個學生，不就唸書翹課、和麻吉打撞球、喝點小酒，能幹什麼好事？」

「那麼讓我幫你恢復點記憶。」

13

七月十六日　星期四

彭皓軒商職畢業後就等當完兵好繼承家族企業，他父親想方設法要藉由相親讓他定下心來，沒想到他真的看中一個門當戶對的女子，兩人交往了幾個月就結婚了。這和他原本遊戲人間的本性大相逕庭，委實令人跌破眼鏡。

只是每天在鐵工廠週而復始的上班生活讓他覺得很無趣，專業的製程、會計、管理，他都覺得興趣闕如，反正工廠有老爸和老婆在經營，他也樂得輕鬆愜意。

遊手好閒了一陣子，他才經由一位父執輩的介紹，去某位連任好幾屆的男市議員手下當助理。不過半年光景，他和市議員的女助理的地下戀情就被傳了好幾手。

若是男未婚女未嫁，倒也是美事一樁，可惜使君有婦，這段綺戀經同一選區的對手揭露後，再透過媒體的獵奇與窺探，大做文章，搞得眾所週知。兩人自然是極力否認，他不惜以離職明志，大家以為兩人的關係就此無疾而終了。

多年後，在九合一選舉中，男議員已是七連霸，而彭皓軒竟然跌破眼鏡當選了大信鄉鄉長，直至近日一則花邊新聞，才又挑起大家沉寂多時的記憶。

原來彭皓軒以房客的名義向女助理分租一個房間，兩人暗渡陳倉的地下情一直在進行中。某天彭皓軒的老婆帶人到議員的服務處要她出面談判，希望她不要再和自己的老公糾纏不清。

女助理即使極力撇清兩人有曖昧行為，但大陣仗已引起眾人圍觀，被側錄的影片不知是刻意或不經意就流出來了，兩人再度成為媒體追逐的對象，還一度登上新聞熱搜排行榜。

女助理的老闆一則幾年前溢領助理費的訴訟案也連帶的被起底，該案經過多年上訴二審後，最後還是因為政黨的顏色對了，以不起訴宣判結案。

電視24小時新聞的快訊跑馬燈一再出現「**鄉長收賄遭收押　採購弊案再添一樁**」，網路媒體也不斷更新斗大的標題：「**地檢署偵辦採購案　鄉長涉嫌收取回扣詐財**」。

大信鄉鄉長彭皓軒再次登上媒體版面，竟是扯上政治人物常見的貪污罪嫌。

檢方接獲檢舉，說大信鄉近日一件環境保護工程採購鋼筋標案有收取回扣情形，將鄉長及得標廠商負責人函送檢廉。

檢舉內容為：鄉長利用職權，收取得標廠商一千五百萬賄款。

地檢署介入調查訊問後，檢察官認為涉及貪污等罪嫌，且有串證之虞。雖然兩人皆矢口否認，仍向地院聲請羈押禁見獲准，但不久又裁定各以一百萬交保，引起大家議論紛紛。

「幹！是哪個抓耙子去告密的？你不是說事情都搞定了，都天衣無縫了嗎？」彭皓軒交保釋放後，在鄉長辦公室對著祕書破口大罵。

吳祕書被一臉鐵青的彭皓軒罵得啞口無言，他也搞不清楚哪個環節出了差池，只能像縮頭烏龜般支吾其詞：「我再去搞清楚。奇怪，到底漏了誰沒打點好？」

吳祕書幫彭皓軒約好了晚上七點去「金都酒店」找老相好Melody舒洩一番。

隔天，彭皓軒一直未出現在辦公室，吳祕書聯絡不上他，原本不敢打到鄉長家裡問，最後才鼓起勇氣打給他的老婆。

彭皓軒的太太對於老公三天兩頭沒回家早就習以為常，昨晚沒回來，她也懶得去call他。吳祕書猜想，彭皓軒可能還躺在Melody的溫柔鄉裡，就不便去騷擾，反正鄉長不在辦公室，有人問起就說去公辦巡查，也從來沒出過包。

過了中午，他認為無論用什麼藉口敷衍應付，鄉長也該出現在辦公室了。但彭皓軒的手機、LINE一直打不通，若要等到酒店營業時間再打去金都酒店就緩不濟急了，最後他決定直接打給

Melody。

電話那頭的Melody直發牢騷，說昨天等了一整晚，鄉長都沒來，害她推掉好幾輪坐檯機會，鄉長放她鴿子，鄉長要如何補償她……之類的，也把吳祕書數落了一番。

彭皓軒的鄉長座車一直都是他自己在開，並沒有請司機開車，但利用人頭詐領司機薪水已行之有年，從未東窗事發。雖然彭皓軒的手機關機了，經由汽車ＧＰＳ追蹤到座車標示的位置，竟然是在他家位於郊區的小木屋。

折騰了一翻，吳祕書到達時已是華燈初上，他發現大門深鎖，暗夜中一切寂然，藉著窗外鑽進的一束深藍夜光仔細從打破的窗戶看進去，不由得怔住了，隱約可看到彭皓軒的身影懸吊在客廳靠近廚房的一根樑柱上。

他大驚失色，慌忙將破碎的玻璃胡亂撥掉，顧不得是否會被割傷，急忙爬鑽了進去。情急之下也沒想到要先去廚房找把剪刀或刀子，就順手拉了一把椅子站上去要把彭皓軒拉下來。只是不管他怎麼拉，彭皓軒的身體被撐起來時，繩圈也跟著往上帶，繩子就是卡在他脖子上拉不出來。

等他費了九牛二虎之力才把彭皓軒從繩圈上弄下來，此刻他才不得不承認一開始的擔憂都是真的——彭皓軒早就無法復生了。

「羅檢，請問死者真的是大信鄉鄉長彭皓軒嗎？他是畏罪自殺還是他殺呢？地檢署有查出他貪污的罪證嗎？」

孫幗芳一踏出小木屋就瞧見等候在封鎖線外的「嗆辣New News」記者古憶蘭，她來不及告知走在後頭的羅啟鋒，只好先從另一邊溜之大吉。

古憶蘭一股腦丟出的幾個問題。有時候羅啟鋒不得不佩服記者的神通廣大，才一會兒功夫就得到小道消息跑來犯罪現場。

「目前檢調還在蒐證中，現階段無法評論這個問題，一有最新消息就會對媒體發佈。」羅啟鋒縱使感到不悅還是虛與委蛇的回答。

羅啟鋒應付記者問些還未證實的、有隱含性的假設問題時，通常不會用「無可奉告」這種傲慢的口吻回答，會盡量用似是而非的用語，如「關於這點，目前還沒有消息」或「還不能透露太多細節」。

警民關係要顧，警察形象要提升，媒體不好得罪啊。

古憶蘭不滿意，窮追不捨：「羅檢，有鎖定可疑人士嗎？聽說彭鄉長還欠了一屁股債……？」

「對不起，還沒證實的事不便發表任何評論，本署……，」孫幗芳慶幸自己溜得快，這是她走出封鎖線後，最後聽到的。

14

七月十七日　星期五

躲了幾天的陽光終於照進偵查隊第三會議室，但會議室裡的氣氛卻是陰霾晦暗得可以。

「媽的，被歹徒勒索過也不先來報案。」

高子俊正在對周偉業曾經遭綁架者勒索，玄元無罡教卻三緘其口、隻字不提這件事發飆。

話說尋獲周偉業屍體後已過了十幾天，偵查隊一直苦無線索，文馨財團法人又三不五時透過立委來關心破案進度。

教裡一位主張報案的女性高層後來向孫幗芳透露，玄元無罡教在周偉業失蹤十小時後，曾接到歹徒以周偉業的手機打來勒索一千萬，還附上他嘴巴被封住的狼狽照片，等他們如期到達約定的地點，卻收到手機傳來說還不想放人。

歹徒隔天再改了另一個地點，只是沒提到贖款是否提高，但依舊遭到放鴿子。

教內有人主張立即報警，有人認為歹徒擄人的目的只是要錢，沒多久就會有新的指示打來。

他們又苦等了八小時，在取消定位功能且發完信息就關機的手機遲遲不再發來勒索信息後，他們才決定向警方報案，此時距離周偉業第一次被綁架勒索已超過三十多小時了。
孫幗芳做了簡略的時間表：6/30 21:00左右周偉業失蹤→7/1 07:00歹徒第一次勒索→7/2 08:00歹徒第二次勒索（改地點）→7/2 16:00報案→7/3 22:00發現周偉業屍體。

「被晃點了。要是他們發現周偉業失蹤就立即報案，不用等到24小時以上或收到歹徒勒索訊息才讓警方介入辦案，也許可快速鎖定可疑嫌犯。」高子俊正在氣頭上，也學王崧驊罵了句「bullshit」！

王崧驊吐了吐舌頭，站起來，將這兩周來的調查做了大略的報告後，說：「高隊，事發後那些女性受害者的配合度並不高。」

「是啊，她們都不願出面指控曾經遭受周偉業性侵，寧可息事寧人，不願面對二度傷害。」孫幗芳站在女性的立場發言。

「這樣就很難縮小範圍去針對報復性的特定對象調查啊。」

「有沒有可能因為玄元無罡教引發家庭糾紛，造成夫妻失和而找上他們的頭頭報復？」

這句話從高子俊口中說出，不知是他對自己的事已釋懷，還是依然耿耿於懷？

「目前有限的跡證也確實無法掌握相關涉案人士。」甄學恩說。他早先已指派蔡伯諺把監視器拍到的模糊女子照片讓玄元無罡教的人指認。

他說：「沒有人對這名女子是否是教裡的信眾有任何印象。跟在周偉業身邊的女祕書則一直自責，哭得一把眼淚一把鼻涕：『都是我不好，怎麼會讓宗主輕易在我眼皮子底下被綁架？我該死，怎麼對得起老祖啊！』搞得蔡伯諺反過來還要安慰她。」

他學蔡伯諺當時的動作，卻惹得大家憋在心裡不敢笑出來。

高子俊只是輕描淡寫的說：「不要儘學那些荒誕無稽的事。」

「對了，幾天前小葉不是說有個男子打電話來要報案又不想到隊上來嗎？」甄學恩好像想到什麼無厘頭的事似的，「我去問了幾家媒體和報社，他們都說那只是個烏龍事件。

「有個無業遊民瞎扯他知道玄元無罡神教的事，再深問一些馬腳就露出來了，他只是看到報導想撈些好處罷了。我依據報社給的資料在廟口附近找到他，他一看到我亮出證件，馬上說人不是他殺的。」

「是啊，有些無業遊民或街友謊稱犯罪，進到看守所既可避免風餐露宿，還包吃包住。你再調查詳細點，勿枉勿縱喔。」

孫幗芳接著向大家彙報昨天在彭皓軒小木屋犯罪現場的調查過程，同時在投影幕show出一張張的照片。

「吳祕書打開門讓鑑識小組進入時說，大門原本是鎖上的。」
投射筆的紅點隨著孫幗芳的解說不斷跳動著。
「屋內的擺設很整齊，客廳設計成挑高的格局，電視櫃上擺放著一台Sony 60吋４Ｋ液晶電視，旁邊有一組卡拉ＯＫ設備和高級音響。簡易的廚房及餐桌在客廳右手邊一眼就望盡，廚房旁邊是衛浴間。客廳左手邊有一座樓梯通往二樓，有三間形成ㄇ字型的通舖式臥室。
「每間臥室都是標準裝設，高架地板擺上一張大床墊，床上棉被疊得整齊，床邊兩雙室內拖鞋，一個小衣櫃和梳妝台。」
目前為止投射在螢幕上的都很一般，還沒有出現彭皓軒的照片。
「許佑祥組長和組員廖晉文分別在被打破的窗戶及地上採集指紋、鞋印。吳祕書說客廳原本有一把傾倒的椅子，他情急下拉起來救人又踢倒了。很奇怪，上面只有吳祕書的指紋。」
大家看著繩索下方費人疑猜的椅子。
「我猜想，有沒有可能是彭皓軒用掌心拉椅子來墊腳？」王崧驊發言問。
「我倒覺得是凶手故弄玄虛，故意翻倒的。」甄學恩持不同意見。
「現場沒有明顯打鬥或侵入痕跡喔，但有兩組排除吳祕書的腳印後採集的凌亂腳印，在積了灰塵的地板上明顯呈現著。」孫幗芳補充說明。

「等鑑識組的案發現場通道[6]打開後，我和徐法醫、羅檢察官才陸續進入現場。已被抱下來躺在沙發上的彭皓軒吐出一小截舌頭，眼結膜有出血點，眼睛凸出，皮膚有發紺[7]現象，屍體已呈現屍僵狀態，茶几上方還懸著那條結束彭皓軒生命的繩索。」

菜鳥小葉和阿丹光看著螢幕上有彭皓軒全景的照片，都覺得不寒而慄。

「分隊長，妳在現場不會覺得不舒服嗎？」小葉怯怯地問。

孫幗芳笑答：「下次有兇案現場帶你去，你就知道我怕不怕。」

她暫緩幾秒，讓大家吸收完資訊。

「彭皓軒的脖子除了有被1公分粗的麻繩圈繞的明顯繩痕外，還有紅色刀痕，但沒有明顯傷口。」

彭皓軒脖子的特寫被適時投射出來。

「他的左手臂有幾道細微不深的傷口，只滲出些許已乾涸的血漬。另外有一個針孔，不知生前是何時注射了什麼，是自殺、他殺還是協助自殺，有待解剖釐清。」

再換一張照片show出來。

---

6 從案發現場外非保護區域通往有屍體的現場的通道，鑑識人員對案發現場的地面先進行勘查，劃出可能存在痕跡物證的地方，然後法醫會在不踩踏被劃出區域的情況下進入中心現場，對屍體進行初步檢驗。

7 在接近皮膚表面的血管出現脫氧後的血紅蛋白，令皮膚或黏膜帶青色的症狀。

「沒有指紋的傾倒椅子，加上可疑的注射針孔，確實啟人疑竇。」高子俊說。

孫幗芳說：「我和羅檢都對客廳茶几上那封署名彭皓軒的遺書感到好奇，我已和彭太太約好，明天會過去拜訪她。」

「他寫的？」

「那封遺書蓋的姆指印經初步檢驗是彭皓軒的無誤，筆跡則有待比對。」

「繩子有什麼特別嗎？」

「沒，繩子則是一般市面上都買得到的。」

「還有，彭皓軒的車上有找到多組不同的、長短不一的、染色的長髮，也有假髮混在其中。」她最後說，「應該不少女人搭過他的車。」

ჯ ჯ ჯ

甄學恩把距離金都酒店兩條街外兩公里的路口監視器拍到的視頻放到投影幕上。

畫面中彭皓軒的座車曾短暫停在路邊，後來載了一名女子往前離開，但距離金都酒店六百公尺的路口就左轉，往新生路前進。所以酒店表示昨晚彭皓軒沒有去，並非要隱瞞什麼。

可惜畫面的粒子有點粗糙，光線及顏色灰灰淡淡的。

「我覺得那女子的走路形態、身形、外觀和綁架周偉業的那名女子有些神似，她似乎刻意背對監視器，」高子俊說，「你們仔細看她在彭皓軒的座車停靠路邊時才拍到的半邊側面。」

「我以女性角度來觀察，這名女子的五官經化妝品的修飾，好像刻意要隱匿原本的樣貌，胸部很明顯是加了胸墊，而且她走路的姿態……，」孫幗芳看著投射在螢幕上的畫面，若有所思的說。

「走路的姿態怎樣？」

「就……，說不出哪裡怪怪的……，好像平日很少穿高跟鞋，走起路來很彆扭，我推測是……，」

「男的？」

遺書？自殺？他殺？協助自殺？神祕女子？男子？大膽推測，細心求證為上。

只能說這幾件都讓案情陷入膠著中。

15

你的每一次呼吸，你的每一個舉動，你掙脫的每一個束縛，你踏出的每一步，都在我的注視中。

——Sting史汀《Every breath you take》（英國歌手）

周煒立透露你的名字後，我就google了鄉公所官網上你的照片，開始計畫跟蹤你了。

今天你步出地檢署，好像被狗仔隊及粉絲包圍的名人，一直不發一語，幾個記者問了白痴問題：

「鄉長，你為什麼要收取賄款？」

「您可以說明您和擎擘鋼鐵公司的副總是什麼關係嗎？」

「鄉公所環保工程採購鋼筋的規格為什麼獨厚擎擘鋼鐵公司？」

「聽說您收取的賄款不只一件？」

「您可以說明您被羈押禁見又裁定交保是還你清白嗎？」

「鄉長，你身為公務人員還收賄，對得起老百姓嗎？」

原本低頭疾走的你，陡然停下腳步，探出記者和麥克風圍成的方陣，摘下口罩對著鏡頭激動的說：「我以身家性命保證，絕對沒有接受賄賂、收取賄款，是有人要栽贓陷害我的，相信司法會還我清白，不能先射箭再畫靶。」

此時你那縱情於酒色財氣，腦滿腸肥的外貌、神態、舉止，都一一刻印在我腦海裡了。

ಬ ಬ ಬ

一名打扮穿著看似都普通的女子似乎扭到腳了，彭皓軒開著車遠遠就看到了，根據他的經驗看來，女子不會超過165公分，正與足下的厚底楔型涼鞋搏鬥中。此時怎能不發揮英雄救美本色呢？走狗屎運的話，今晚也許來個豔遇，好一掃今天被地檢署約談的霉氣。

至於金都酒店那個Melody，偶爾放她一次鴿子也不為過，改天再補償她就好了。大魚大肉吃多了，偶爾也要換換青菜蘿蔔。

女子脖子上圍著一條絲巾，當她坐進副駕駛座時，在車內燈的映照下，雖然她有上妝，但恍惚間看到她左側面似乎有像男性剛刮過鬍子時的青色鬍根，以及顯得突兀的胸部。

我眼花了嗎？酒都還沒喝哩。彭皓軒納悶著。

不待彭皓軒開口，他的右腰就被一支尖銳的刀子抵制著。

女子說要帶他舊地重遊？！

彭皓軒故作鎮定，有點虛張聲勢的問：「搞什麼嘛，別鬧了！」

「怎樣？忘了怎麼走？」彭皓軒感到腰部的刀子似乎又挺入了一些。

他聽到女子提到小木屋時愣住了，無法理解她怎麼知道有小木屋，看來她是玩真的。他不得不在前方路口迴轉，再往小木屋方向前駛。

往小木屋的沿路上已開發了很多建案，也不復見農村景色，但此時小木屋周遭四下無人。只見枝椏間突然衝出一群麻雀，倉皇疾飛，好像有人驚擾了牠們的好夢。

女子要彭皓軒把行車記錄器拆下來給她。為防止下車時他從駕駛座溜走，她先將副駕車座的安全帶纏繞著他的安全帶，再先行下車。即使她有自信他逃不過她的手掌心，但百密不容有一疏啊。

彭皓軒沒有隨身帶小木屋的鑰匙，女子要他打破一扇窗，然後跟著爬進去。

❦ ❦ ❦

她問起周煒立，聲音低沉，不是金都酒店那些女子慣有的嗲氣或鶯聲燕語。

彭皓軒聽著都糊塗了，雖然現在很多女的髮型、舉止、裝扮很男性化，男的則比女人還會裝扮，但一聽到周煒立三個字，他就嚇得渾身發抖——還會有誰知道周偉業改名前的名字——十幾天前他慘死的消息還讓彭皓軒餘悸猶存。

「是啦，我承認我們是好麻吉，是換帖的。但高職畢業後，我們就分道揚鑣，有好幾年沒聯絡了。」

雖然他認為沒有什麼大風大浪沒看過，但是在刀子的威脅下，還是誠實以告，只是要保留幾分，說幾分，就看著辦了。

「我還沒當鄉長之前，有一天他突然跑來找我，我們熱絡的聊了一整晚。他說他改名叫周偉業，現在要回來F市主持一個宗教團體，他是那個教的宗主。我很驚訝他怎麼變得那麼有能耐，雖然他高談闊論了半天，我也實在為他感到欣慰。」

女子不屑的從鼻孔哼了一聲，她也沒料到彭皓軒這麼配合。

「我常去他住的地方喝酒敘舊，那棟大樓滿氣派的，就在三忠路上最高那一棟。我們從國中聊到未來，也聊到國中另外兩個死黨。」

「另外兩個呢？」

「阿泰現在在哪裡我和周煒立都不清楚，只輾轉聽人說他出國念書了。至於胡立青嘛，我們是有在聯絡，他並不認同周煒立搞的宗教，加上他其實過得不太好，不想和周煒立有瓜葛，怕被人認為他在攀權附貴，所以我也從未向周煒立提起胡立青的事。」

彭皓軒打從腰間被刀子抵制著到現在還懵著，不解女子的目的為何？如何知道周煒立？打聽胡力青有何企圖？尤其是怎麼知道小木屋的？一連串的問號在心中浮起。

「還記得24年前在這裡發生的那件事嗎？」女子像是有意無意的問道，打從破窗爬進來後她一直緊跟不捨，現在才打量起小木屋的內部。

「蛤？24年前的事？」彭皓軒一頭霧水，「在這裡發生的？」

她做勢把刀子舉起，刀鋒輕輕劃過彭皓軒的手臂。

「啊，別……，別殺我，好痛。我……，那麼多年前發生什麼事哪記得起來？」

她的刀子毫無預警又在彭皓軒的手臂上劃了一道血痕。

「噢，媽的，妳來真的！啊～～，好啦，我……，我好像有點印象了。」

「怎麼發生的啊？等等，讓我回想一下。」彭皓軒看著又多了一道的血痕說著，同時盤算著有沒有脫身之計。

女子的體型比起彭皓軒來可謂斑鳩對大鷹，若先將刀子搶奪過來再近身博鬥，給予反手壓制呢？多年來光在金都酒店的菸酒粉味就造就了超過九十公斤的噸位，渾身肥肉與她年輕結實的身材一比就相形見絀，到底有幾分把握呢？

小木屋的客廳旁邊就是廚房，彭皓軒記得有幾把刀放在刀架上，手機被她拿走關機了，還有其他機會嗎？

他的小腿肚突然被踹了一下，整個人往前撲倒。

「我警告你，別想打什麼鬼主意。」

彭皓軒的腦海裡漸漸浮現24年前在這裡發生的情景……。是我帶頭的嗎？要承認嗎？她知道多少？不，絕對不能承認。

他在心裡又盤算了一回。

「嗯，我們好像吸了點安非他命還是搖頭丸吧，對，一時糊塗了，做了不該做的事，但那不是我的本意，也不是我出的主意……」

「噢，痛啊。」

「不是我起頭的，沒錯，都要怪周煒立，對，是他的餿主意，我也是被逼的。」

「啊～～！真的啦，我不是要把責任全推到一個死人身上，不信妳可以去問胡立青。我事後好後悔啊，也想要彌補過錯，但無濟於事，因為後來我們再也找不到那女孩子了。」

女子似乎壓根兒就不相信他說的。

「少跟我哈啦這些，你和周煒立說得不一樣。」

「周煒立說了什麼？妳和他見過面？……」

「是我在問你，你囉嗦個什麼勁。」

她又做勢將刀子舉起來。

「真的啦，真的不是我出的主意，我可以發誓。」彭皓軒打定主意，能推給周煒立最好，不然讓她去找胡立青也行，今天能全身而退最要緊，事後防範周全還會怕她嗎？

「事……事發後我們似乎有個默契，誰都不會主動提起這件事，阿泰和胡立青各自回到他們念書的城市，每個人的心中自有打算吧。」

「怎麼說？」

「怎麼說啊？當作年少輕狂不懂事嘛。」

一道血痕再浮現。

「噢！好啦，算我說錯了！」彭皓軒伸出一隻手往流血的手臂壓上去。「事發後不到一年，我們就該當兵的去當兵，繼續念書的去念書。」

她要彭皓軒寫一份遺書。

「我寫遺書幹嘛？喔，拜託！我可不想死。」

「妳是哪家投標失敗的廠商？還是我拿過妳的錢沒讓妳撈到好處？我可以補償妳，要多少儘管開口，求求妳別殺我！一千萬？要不兩千萬？」彭皓軒開始哀嚎唖泣起來。

16

自從孫幗芳的男友杜至勳被挾持當人質、歷經死裡逃生事件後[8]，並沒有為兩人的感情加溫，只因與歹徒周旋的同時，也知道了男友劈腿偷吃。儘管杜至勳表示過懺悔，也試圖修補兩人之間的裂縫，但有愛情潔癖的孫幗芳心裡頭一直有個疙瘩存在。

儘管無數個夜晚被濃稠的寂寞浸染著，當情人變成家人的感覺被觸發後，就無法在同一屋簷下生活了。杜至勳搬出去後，孫幗芳的感情就空窗了一段時間，這段日子只有她的貓「波妮」陪她度過無數個寂寞長夜。

她很喜歡「雪落下的聲音」[9]這首歌。唯美的歌詞意境搭配悠揚的歌曲，往往能觸動心裡最柔軟的那一塊——在北海道的「地獄谷野猿公苑」，你學猴子貼著我叫卿卿，我又氣又好笑。在「函館山」看夜景，我們遇到漫天的風雪無情，你緊緊的抱著我，溫暖又甜蜜——如今她靜靜地聽這首雪落下的聲音，閉著眼睛幻想它不會停，可，**誰來陪這一生好光景？**

---

8 見《謀殺法則The MURDER of JUSTICE》一書，要有光/秀威資訊2020/09出版。
9 大陸劇《延禧攻略》片尾曲。

無獨有偶，羅啟鋒的醫師男友跟他提出分手，理由是：當感情昇華到像家人一樣，就無法再當情人了。

羅啟鋒無法理解這是什麼爛理由？

他放下身段去溝通、好言挽留、檢討自己是不是太專注於破案而忽略了他，但他何嘗不是也常被call去開緊急刀、出國開研討會、值大夜班。當初兩人同質性的工作是加分互補的，是了解彼此的潤滑劑，不會現在變成分手的導火線吧？

他發揮檢調精神去旁敲側擊、多方蒐證，才知道男友在某個交友社群軟體認識了新男友，兩人暗通款曲已有三個月之久，羅啟鋒卻被蒙在鼓裡。三年多的感情敵不過三個月的新鮮期嗎？他無法置信、難以諒解，若是這樣，兩人感情的基礎也太薄弱了。

& & &

還沒養波妮之前總覺得貓不似狗那麼善解人意，貓性格孤僻，有奶便是娘，飽足了就甩甩屁股走人，餓了才冒出來蹭你。康拉德．勞倫茲說，他從沒見過一種動物像貓那樣，把所有的情緒清楚地寫在臉上。後來波妮被養得虎斑色的皮毛光澤越發光亮，眼睛烏溜溜、骨碌碌的轉，鬍鬚自然下垂，尾巴高高聳起，顯得很神氣，也成了孫幗芳療愈的夥伴。

只是午夜夢迴時，孫幗芳還是會想起杜至勳的好，只要她願意，破鏡重圓是有可能的。

她拿起手機。

她依然把他擺在聯絡人名單上的第一個位置，當他看到顯示是她來電，會是高興？驚訝？還是錯愕？猶疑了一會兒，她還是撥了過去。

「您撥的電話將轉接到語音信箱，嘟聲後開始計費，快速留言請在嘟聲後按*字鍵，如不留言請掛斷。」

這樣也好，省得尷尬。她**顯然還沒準備好要說什麼**。但是若他看到未接來電打過來，她該如何應對？你近來好嗎？變瘦了還是胖了？如何開口說我好想你？算了，別想那麼多了，船到橋頭自然直吧。

醫師男友不知何時把他的牙刷、刮鬍刀、內衣褲、幾套正式服裝、運動服裝、鞋襪都打包搬走了——看來他是鐵了心要切斷這段感情。

他之前當住院醫師需要輪值班時才會住在醫院分配的宿舍，平日多數住在羅啟鋒這裡，當了主治醫師後兩人就幾乎形影不離了。

羅啟鋒發了幾條LINE給他，內容都是委曲求全的話語，他不敢用苛責的語句詞彙，怕他惱羞成怒，益發不願復合。開始是已讀不回，後來是不讀不回，他都懷疑是否被封鎖了。

我真得比不上才剛從交友軟體認識幾個月的人嗎？我該認命了嗎？如果他玩膩了想倦鳥歸巢，我要和他重修舊好嗎？我也一樣上網找網友，兩個同病相憐的人就容易相濡以沫嗎？片段的想法快把自己搞瘋了。

我一個人獨自咀嚼一連串的疑惑，**那個人可能正在逍遙快活呢！**

❦ ❦ ❦

高子俊和孫幗芳近幾個月來有個共同煩惱——局裡一直懸缺的副局長派令下來了。

他才50歲出頭，濃密眉毛下那雙銳利的眼睛像一頭精明審慎的獅子，開口前先露出掠食者的眼神打量你一番，而你卻無法判斷他的心情和思緒。用講究的筆挺西裝塑造體面的外表、優雅的談吐和舉止，好像這樣就能撐起副局長的架子。

局長和他則是判若兩人——大而化之、公關手腕強、處事圓融。

新官上任總要燒三把火。

他有幾次當面訓斥下屬，掛著讓人猜不透的微笑，說起話來帶著尖酸的嘲諷，以及讓人難堪、下不了台的慣有口吻。

他們辦案最怕長官太投入的干預，適當的放手、適時的關注、漂亮的抽離，才好讓他們一展身手，否則綁手綁腳又拘泥於形式，只是徒增困擾而已。

還有個令高子俊煩惱的就是女兒到了青春期加上叛逆期，親子關係緊張又疏離，甚至是降到冰點。

好幾次彼此僵持在無法跨越的鴻溝，讓他覺得沮喪又無奈。

他以他的方式愛著女兒，她卻不領情。稍為採取高壓政策，換來的就是形同陌路。他婉轉得知女兒有在和前妻聯絡，前妻目前在J市某間精舍修行，他也不會刻意阻止，順其自然就好。但他還是想瞭解女兒會受同儕影響嗎？受委屈了嗎？交男友了？會抽菸打架嗎？網路陷阱那麼多，臉書卻不讓他加好友。他知道要鼓勵、**信任孩子**，但……，唉，單親爸爸就是不好當啊。

或許改天再向孫幗芳或其他有同齡小孩的同仁請教吧，他想。

17

七月二十日　星期一

嗆辣New News C 2版：

本傳媒據可靠消息來源披露，檢調大舉搜索四天前才被羈押禁見又裁定交保的F市大信鄉鄉長彭皓軒擔任鄉長任內的金流，發現他任內現金增加兩千三百萬，在重劃區購置了多筆土地。雖然他留下遺書，不論是以死明志或是畏罪自殺，仍有諸多疑點待釐清，本傳媒將本著責任、**獨立**、**中立**、**真實**、**可靠的精神**持續為您分析報導。

嗆辣New News D 3版：

據F市某知名酒店一名女公關向本傳媒透露，該市剛去世的大信鄉鄉長彭皓軒是該酒店的常客。「他常和很多政商名流來我們酒店洽談公務（有哪些政商名流基於職業道德不便表露啊，呵呵），出手很闊綽，對小姐也很nice，」女公關說，「發生這種遺憾的事我們也很不捨啊。」她話鋒一轉，「他和我們家一位小姐走得很近，很捧她的場，如果你們想知道更多消息可找她談談。」她意有所指的說。

本傳媒將儘快找到鄉長這位紅粉知己，挖出更多讀者們想知道的收賄與自殺的內幕。記得喔，「報導真相、揭惡揚善」就是本傳媒的宗旨。

被解剖前的彭皓軒臉孔僵硬，雖然已沒了靈魂，但無法言喻的痛苦、迷惑、驚愕彷彿仍掛在臉上。

孫幗芳雙手交抱在胸前，看著彭皓軒的屍體則猶如在欣賞一尊藝術品。

「我得說，他喉頭兩側分別在舌骨（hyoid bone）和喉結（Adam's apple）的部位沒有骨折，」徐易鳴邊解剖邊解說，「因為上吊不會造成這兩處骨折，勒殺才會。」

「Holly shit!」王崧驊看著彭皓軒的頸部幾個頸前、頸後、頦下、頜下三角區、胸鎖乳突肌區被手術刀劃開後血淋淋的解剖，不禁脫口而出，即使看過不下多次解剖了，仍心有餘悸。

「我有follow到最近一則新聞喔，涉嫌長期性侵未成年少女的美國人口販子——億萬富豪艾普斯坦（Epstein）——在曼哈頓一座監獄上吊自殺，但他喉結附近的舌骨骨折，他的律師團依此提出是他殺。」他現寶似的說著，試圖緩衝心驚膽跳的畫面。

「一般情況是這樣沒錯，舌骨骨折在勒頸絞殺案件中更為常見。」

徐易鳴用止血鉗指著彭皓軒的第二節頸椎（C-2，又名樞椎）說：「你們看這裡，有點像承受墜落時的衝擊而骨折的現象，看起來又像加工自殺。」

「加工自殺？你是說有人教唆或幫助他自殺？」羅啟鋒無法想像當時的情況。

「我在現場有請許組長測量他的身高、繩索下緣距地板高度、以及茶几和椅子的高度，發現他的腳距離地板的高度大約是茶几的高度，比椅子還低。

「若是自殺，爬上椅子後再踢開，應該要和椅子差不多高才是。而且翻倒的椅子上面只有吳祕書的腳印，這是自殺說法的疑點之一。」

「現場是有第二個人的鞋印沒錯，而且尺寸比他小，是一般女性或瘦小男性會有的鞋印，會是個女的……？」孫幗芳提出心中的疑惑。

羅啟鋒問道：「妳是懷疑有某個女人把他從茶几上撐起來或抱起來，套上繩索，再踢開或挪開茶几並踢倒椅子？」

「嗯。也許是拿刀威脅他，要他自己套上繩圈？」

「你們知道嗎，一個約54公斤的成年人，頭部大約重4.54公斤，因此上吊時會有近約50公斤壓力聚集在下巴與頸部交接處，」徐易鳴比劃了一下。「但若是有人以手勒住受害者的脖子的話，會是2倍甚至3倍的壓力。彭皓軒的體重生前大約90公斤，要勒死他也要費一番力氣和手勁。」

「可是遺書……？」孫幗芳還是存疑。

「若有人拿把刀架在妳脖子上要妳做任何事，妳做不做？」徐易鳴反問。

孫幗芳斟酌著徐易鳴的話。

「所以勒頸和吊頸的死因也不同囉？」孫幗芳再問道。

「是啊，」徐易鳴暫停片刻，吊足了孫幗芳的胃口。

「勒頸是氣管被堵塞造成窒息死亡。吊頸是輸往腦部的血液被阻斷造成腦部缺氧而死。人體腦部血液是由頸動脈和椎動脈提供的，上吊時脖子從斜上方被吊起，形成一個角度，將兩種動脈同時堵死。」

徐易鳴指出頸動脈和椎動脈給他們看，說道：「椎動脈位於脊椎旁邊，勒頸時，被骨頭保護著的椎動脈則不會被堵死。」

「長知識了。」

「他的體型偏肥胖……，看我幹嘛，他比我還胖好嗎！」徐易鳴瞪了王崧驊一眼，孫幗芳則被他逗樂了。

「越胖的人脖子肉多，比較不易骨折，若是有人施行吊刑，就須評估這些因素來考量落下的高度，才能造成自殺的假象。他脖子下方靠近繩子的肌肉除了凹溝痕跡外沒有明顯的擦挫傷，當下應該沒有試圖掙脫，這點我是從他手臂找到針孔、懷疑他先被注射了什麼藥物來判斷的。」

「血液的檢體樣本拿去化驗了嗎？」羅啟鋒問。

「當然，抽出的血液樣本都會裝進含有氟化鈉的試管，送到毒物科去檢驗，順便測酒精濃度和毒品反應。就等著看檢測結果了。」

王崧驊緊接著說：「許組長也比對過頸部勒痕寬度，和繩索的邊寬是相符的。」

「是的，凹溝痕跡呈倒V型斜過頸部，臉部沒有點狀出血，舌頭呈深紫色外露，喉結、氣管有遭外力壓迫，亦有脫肛、脫糞狀況，」徐易鳴一口氣說了一堆判斷，「主要死因為腦部長期缺氧，窒息而死。」

「屍斑都跑到腿部、前臂、下半身了，他有勇氣了結自己生命嗎？」孫幗芳質疑的問，「遺書是有人要故佈疑陣嗎？我覺得是障眼法。」

「束縛的繩結呢？看得出異狀嗎？」王崧驊再拋出問題。

「繩結有八字結、稱人結、接繩結、雙套結、三套結、漁人結……，光單結就好幾種。這個我是外行的，你們可以去請教結繩專家，或許能給出不同的觀點。」徐易鳴存疑的說，「是自縊還是加工自殺我先持保留態度，等我彙集解剖結果請教其他法醫意見後再給驗屍報告。」

「哎唷，也有徐大法醫無法下研判的案例啊？」王崧驊故意調侃他。

徐易鳴老神在在，不為所激。「你們可以想像嗎，一個人的頸動脈和氣管被一刀劃過，血液噴濺出來，大量出血隨著動脈流動，順勢吸入空氣，再流入肺部，血泡在氣管發出氣音。」他看了一眼王崧驊的反應，只見他聽得兩眼發直，彷彿已聞到血的味道。

「那種肺部因為阻塞，被自己的血淹死的案例反而好寫報告。」

徐易鳴將手術刀從彭皓軒肩膀兩側直到胸骨下方劃下一個Y字形時，羅啟鋒和孫幗芳有事先行離開，王崧驊留下來看後續是否還有找到非上吊的死亡原因。

ঙ ঙ ঙ

「我先生沒有憂鬱症、身強體壯又正值英年，不可能自盡！」彭太太說得斬釘截鐵。

孫幗芳和王崧驊此刻正坐在彭皓軒家鐵工廠的廠長辦公室，希望能從彭太太嘴裡拼湊出更多內幕消息。諾大的辦公室除了那張精緻的辦公桌外，沒有過度誇張奢華的裝飾或家具。牆上掛著幾幀她和彭皓軒及幾個政治人物的合照，照片裡每個人都笑得很燦爛。

彭太太正值守喪期間，臉上脂粉未施，雖然看起來悲傷，卻又克制得很好。職業性笑容在上揚的嘴角露出來，遮不住的魚尾紋淡淡的，還是明顯可見，只是一身素色的名牌行頭，讓精明幹練的女強人氣勢一覽無遺。

身高偏中等瘦小的她，雖是半老徐娘，但風韻猶存，全身沒有多餘的肌肉，看得出平常勤於健身，彭皓軒平日愛上酒家，彭太太也沒因此就放縱自己，讓身材走樣。

孫幗芳喝了一口祕書端來加了鮮奶的英式紅茶，不著痕跡地問：「法醫在案發現場做的初步判斷是上吊死亡，死亡時間至法醫到場初驗大約是16小時。」

孫幗芳沒有從實告知，其實徐易鳴對自縊還是加工自殺還存有質疑。

姑且不論她和彭皓軒的婚姻是否幸福美滿，老公上吊自殺對身為老婆的人而言還是一記晴天霹靂，她看著孫、王兩人，眼裡露出一副無法置信的樣子。

「據我所知，他並沒有和人發生財務糾紛。而且我相信他沒有收賄，他是被有心人士誣陷的。」她不置可否的說。

王崧驊讚了一聲「好茶」，想讓她降低戒心。「現場的遺書證實是妳先生的筆跡和指紋，妳還是認為他是清白的？」

「他沒有那個膽子自殺，這點我很肯定。」她顧左右而言他，不再緊咬沒有收賄。

「妳也說過他身上沒有貴重財物被劫，不知道有沒有情殺的可能？」

「他是會上酒店啦，我只當作是交際應酬需要，逢場做戲，只能睜隻眼閉隻眼，不然還能怎樣？……」

「先前和女助理那件爛桃花大概被斬斷了，」她咬著嘴唇，思考著該不該說。「聽說她已準備下一屆要接她老闆的位置，應該不會再去招惹一身腥了。」

彭皓軒和女助理的誹聞，孫、王兩人早已有所聞。

「所以彭先生有沒有可能因酒店的女人和別人發生爭風吃醋或感情糾紛，而引來殺機？」

孫幗芳緊追不捨。

「這個我是不清楚啦，不如問吳祕書比較快。」

「我們問過金都酒店的Melody，聽說妳先生和她交情不錯。」彭太太聽到王崧驊提起Melody，臉色瞬間沉了下來，像雷雨前的烏雲，但隨即又恢復正常。

利用情感勒索或許不道德，但能破案才是上策。

「原本他還約好要去找她，不知何故失約，聽說他在她身上花了不少錢……？」

「只要不踩到我的底線，不要妨礙到我的家庭、我的婚姻，我也懶得過問。」她嘆了一口氣，語重心長地說，「拴得住男人的行動，抓不住男人的心又有何用。」

孫幗芳心想，**她會哀悼她先生的驟逝，還是慶幸擺脫了有名無實的婚姻呢**？

「冒昧問句話，妳先生有沒有吸毒習慣？」孫幗芳想到彭皓軒手臂上的針孔。

「沒有，這個我可以打包票。」

停頓了一會，彭太太接著說：「至於你們想知道財務方面的問題，我有必要澄清，工廠的帳目都是我在經手，他是幾乎不插手也不過問的。」

「可是他貪污被起訴，才交保離開地檢署就……，」王崧驊的語氣略帶輕蔑。

「我們一向公私分明、清清白白的，也不怕你們查。這樣也好，免得被抹黑說我們工廠的金流都是他貪污收賄來的。很多人都在覬覦他的位置，恨不能把他拉下來。」她似乎話中有話。

「妳能說詳細點嗎？」

「不就是用他和誰有染啦、和廠商勾結啦……那些下三濫手段在造謠汙衊。他就像隻打不死的蟑螂！總之，我就是不相信他會自殺。」她一臉慍色。

「所以妳瞭解妳先生？」

「我……，」彭太太沉思許久，二十幾年的婚姻生活如浮光掠影閃過。

「老實說，結婚這麼久了，我還真的不瞭解他。但有一點我很肯定，**他很怕死**。況且沒有罪證確鑿，要他承認自己的罪行，無異是天方夜譚。」

即使彭皓軒死了，無法再約談，地檢署仍指揮調查局大動作搜索彭皓軒位於鄉公所的辦公室。已裝箱的查扣物品，連同在小木屋搜查到的帳本就多達十來箱，全案也將他的祕書、部屬一起羈提，朝違反貪污治罪條例方向偵辦，希望能查個水落石出，給國人一個交代。

在檢調單位聲請凍結及扣押彭皓軒財產，以便釐清所有資金來源去向的同時，經查登記在彭皓軒名下的不動產有八筆，其中三筆（含現在住的房子）是其父過戶給他的，五筆土地是他當任鄉長後購置的，加上銀行現有存款一千三百多萬，身價上億。

其中有多少是不法所得，則有待司法深入調查。

18

七月二十一日　星期二

孫幗芳臨走前，彭太太拋下一句話：「前陣子新聞報得很大的某教教主還是宗主的，他來過我們家幾次，跟我先生好像是舊識。」

高子俊覺得若能找到兩名被害人之間的關聯與共通點，不失為一條很好的線索。

「目前知道的是兩人認識、年紀相仿、周偉業未婚，彭皓軒已婚，育有2子1女、職業與工作領域不同、出生地不同，至於是否在同一地方長大、上過同一間學校、同一組織或俱樂部（彭太太說彭皓軒不信教）、同一社群網站成員、有相同嗜好……，則有待進一步調查。」孫幗芳在高子俊的辦公室和他私下討論。

「有些人會在臉書或Instagram透露感情、旅遊、交友狀態分享隱私，凶手可能依循找到他們，但顯然兩人不是這類型的，他們應該不會在社群網站洩漏行蹤。」高子俊看了看孫幗芳遞上來的卷宗。

高子俊打算請地方分局偕同偵辦尋人的任務，仿傚90年代電視節目的「超級任務」單元，去彭皓軒和周偉業的故居、學校、職場尋訪認識他們的人。

「那個節目我小時候有看過。希望套句主持人講的：『凡走過，必留下痕跡；凡住過，必留下鄰居』，可以找出兩人的關係與人際脈絡，好縮小範圍、鎖定嫌犯。」

「就怕凶手是隨機挑選被害人，從鎖定對象↓跟蹤對方↓掌握住處↓擬訂計畫↓等待時機下手，都難以捉摸，若真是如此，要逮住凶手困難度就高了。」高子俊擔憂地說。

「是啊，除非他（她）出錯，留下太多破綻或跡證，否則我們不知道他犯案的軌跡，尤其是殺人動機。隊長，你認為彭皓軒是自殺還是他殺呢？」

「要我說啊，**我是不相信他會自殺的**。」高子俊凝視著前方，表情專注。「妳看有多少貪污的政治人物寧可被關個幾年，出來後漂個白，又是一條好漢，他們被追繳回去的錢搞不好只是贓款的九牛一毛而已。」

「可是現場沒有掙扎反抗的跡象，從窗戶進去這一點讓我覺得他是臨時起意的。但我沒把握，覺得都有可能耶。」

「90％自殺的人會有精神及情緒上的困擾，憂鬱症、躁症之類的，他沒有啊。」

「聽他老婆說，他也不是那種凡事講求完美的強迫性格或神經質的A型人格。若是如此，凶手也許是彭皓軒的舊識，知道有這間小木屋，逼他到那裡再殺他。但動機是什麼我就猜不出來了。」

「除了金錢、愛情、毒品、嫉妒、仇恨、謊言、背叛，還有哪些？自尊心被剝奪？」

「對了，妹妹最近怎麼樣？」討論完彭皓軒的案子後，孫幗芳脫口問道，高子俊知道她在問他女兒的事。

「好多了，不會那麼嗆了，真要謝謝妳呀。妳建議我先放下身段，採取低姿態，假日帶她出去玩，隨她想要看電影、吃一餐都好。剛開始她還滿排斥的，根本不甩我，還惡言惡語頂撞，說我都不瞭解她。」

「哈哈，正常的，女孩子的心思真的不好捉摸。」

高子俊自我解嘲：「好像她是我上司似的。我的性子都快被她磨平了，幸好現在關係改善多了。」

轄區員警到區公所調閱了兩人的戶籍資料，發現彭皓軒與改名前的周偉業兩人雖然高職一個念家豐商職，一個念建榮高職，但國中都是讀同一就學學區的景德國中。兩人從商職和高職畢業後就不再繼續升學，彭皓軒去海軍服役，退伍後就回鄉幫忙家業，幾乎不曾離開過F市。

陸軍退役後的周偉業則還查不出他當宗主前的生活、行蹤等生平軌跡。

連日不眠不休地付出，還不能將凶手一舉緝捕到案，甚至毫無線索，委實讓偵查隊籠罩在一片淒風苦雨中，破案的重擔沉甸甸的壓在每個人肩上。

副局長坐在主席位子，看似只是要聆聽案情進度報告，高子俊知道他遲早會下指導棋，要掌控全局。

「彭鄉長是畏罪自縊還是被殺，務必讓真相大白，」副局長先開口表示，「大眾都在看這個案子的進展，尤其是涉及公務員是否貪贓枉法。

「勿枉勿縱不用我多說吧？還有那個什麼教主的也是，那個案子多久了？案子拖越久未破，百姓對警察的觀感就越不佳你們又不是不知道。」他話語一變，「維護治安是我們分內之事，還是要感謝同仁們日以繼夜的辛勞啦。」

高子俊看副局長沒再往下說就接口道：「感謝副局長體諒大家每天工作都超時。我們做了二十幾個人的筆錄，但細節、時間、嫌疑犯都兜不上。」

「徐法醫從彭皓軒身上抽的血液檢體報告出來了，和周偉業的血液報告相符，都是被注射了含有Midazolam或Lorazepam成分的鎮靜劑。」孫幗芳看著報告，好不容易才把兩種藥的商品名念了出來。

「這類藥物在醫療上普遍用在知覺鎮靜，加護病房急救或手術麻醉前會用到，精神科病房也會用，可緩解緊張焦慮。」孫幗芳不等副局長問就先回答，並補充說，「也常使用於失眠症狀。」

「所以有可能凶手是同一人？男性？女性？」

「不排除這種可能。至少知道還不確定性別的凶手懂藥，或有機會拿到藥。」

「從一般藥局領藥呢？」

「那是管制藥，不可在一般藥局領藥或買得到。」

「而且三人之間有某種關聯？」副局長提問。

「凶嫌應該沒有前科，或至少沒有犯過重罪，他不在意是否留下跡證，他可能願意冒險或被迫冒險，也極可能再度犯案。三人之間的關聯性還尚待釐清。」

副局長提到他年輕時承辦過的一個案子：「有一個老婆和小王一起策劃謀殺老公，兩人將小王的媽媽平時在用的胰島素注射到老公手臂，讓他的血糖驟降，陷入半昏迷狀態後製造假車禍騙取保險費。」

「血液驗不出來嗎？」

「他們在死者嘴裡噴糖霜，讓血糖回升，死者生前沒有糖尿病，所以沒有往這方面調查。是法醫檢查口腔時發現一小搓糖漬未溶化才覺得案情不單純。之前在車上並沒有發現巧克力、糖類的包裝紙或罐裝產品，但我們一調閱他老婆的通聯記錄就真相大白了。」

大家聽得嘖嘖稱奇。

副局長轉回正題，接著又冷冷的問：「證據呢？」

孫幗芳說：「鑑識組在彭皓軒的車上有採集到多組指紋，其中有三組與窗台上的相符，兩組是彭皓軒和吳祕書的，另一組極可能是凶手留下的。」

其實大家心裡都有數，他們沒有具體證據，或者說有一堆證據——鞋印、指紋、毛髮、血跡、注射藥，但對破案進度一樣也幫不上。

「除了知道周偉業與彭皓軒兩是讀同一所國中，」王崧驊舉手說，「兩人的關係還是撲朔迷離。彭皓軒有沒有可能欠大筆賭債被追討才鋌而走險受賄貪汙，現在被起訴了，還不出賭債而遇害？」

「他家又不是沒錢，這點我是存疑的。而且債主還會怕鄉長跑路躲債嗎？」副局長說出不同看法。

王崧驊趕忙說：「關於是否有欠賭債，這點我再去調查清楚。」

「有誰會從他們的死亡中得到實質利益嗎？」

「保險是有的，他們保個五百、一兩千萬很正常，但早就都躉繳完了。彭皓軒的受益人是他兒子和女兒，都還在就學。周偉業的受益人是文馨財團法人，不缺那筆理賠金。」甄學恩向副局長報告。

「感情、職場上的競爭對手？」

「這兩項兩人似乎沒有交集，或者說各自精彩吧。」孫幗芳補上一句。

「怎麼說？」

「彭皓軒花名在外，就算拈花惹草也沒有女人為他爭風吃醋或惹上不該惹的女人。周偉業則私下來暗的，自動送上門的應該不乏其人。」

「金都酒店的Melody，就彭皓軒那個老相好呢？」副局長的用詞一點都不婉轉。

「我找她問過筆錄了，應該沒有嫌疑。除了當晚有不在場證明，他們兩人沒有金錢糾紛，有的僅是男歡女愛的交易。」

「所以目前僅知兩人是國中同學關係？」高子俊問。

「職場上嘛，兩人的領域南轅北轍，交往的人五花八門……，要過濾與兩人共識又有糾紛的人也許有其困難度。」

副局長眉頭一皺，「兩個被害者的職業、身分算是中等以上的吧，鄉長、宗主也算是那種喊水會結凍的頭銜吧？

「有些人對某些宗教帶有憤世忌俗的情愫，我沒有針對特定對象哦。都還沒有定讞的事，不是嗎？」他對高子俊看了一眼，還特別強調**宗教**兩字。「也有一種人看不慣有人貪贓枉法、作奸犯科，自以為是正義使者。」

副局長一番說詞令大家一頭霧水，沒人敢接話。

終於有人舉手問：「副局長，您是說這個兇手或這兩個兇手是蝙蝠俠的化身？」大家忍俊不禁又不敢笑出聲，紛紛低下頭，有的假裝在看面前的資料，有的拿筆在筆記本上不知在寫些什麼。

只見副局長臉不紅、氣不喘的說：「要這麼說也可以。好啦，不要病急亂投醫，等看見兔子再撒鷹。我還有個會要開，你們繼續吧。」

副局長離席後，大家總算鬆了一口氣。

「阿丹啊，剛才真替你捏了一把冷汗，你是天真還是裝糊塗哪？」高子俊對搔著頭的阿丹說，接著正色地說：「我們要留意可能有下一個受害者出現，管他是蝙蝠俠還是美國隊長，都要逮捕歸案。」

「高隊，把笑憋在肚子裡，憋久了會得肺氣腫啊。」

「聽你在放屁。」

「殺人還要花時間捆綁、搞上吊，直接砍幾刀丟到荒郊野外或人煙罕至的地方棄屍，不是直截了當嗎，何必大費周章又拖泥帶水？」王崧驊執疑問。

「我猜兇手選在魚塭和小木屋就是想讓人發現屍體。」甄學恩提出相反意見，「若說魚塭是隨意挑選的我相信，因為我調查過魚塭的趙姓主人，他沒有和人結仇，也不認識周偉業。

「至於小木屋嘛，我倒覺得疑點重重。彭皓軒交遊廣闊，周偉業接觸的多數是教友，兇手犯案手法卻顯然不同……，」他一副下結論的口吻說，「我認為是兩個凶手幹的！」

「你們都分析得很好，我們再來看誰猜得準。」

「所以凶手會是專挑利用職務與身分之便騙財騙色或為非作歹的下手的人嗎？」

思緒有時會像發情的蟾蜍跳來躍去，總有靈光一現的時候。有時候卻像滾輪上的老鼠，即使再怎麼使勁地跑，依舊只是在原地打轉，一籌莫展。大家看著高子俊和孫幗芳兩人，面對一堆疑團，一時搭不上嘴。

19

秋之晨▸【爆料噪咖】

又有公職人員貪污了！一個鄉長就可以貪好幾千萬，真是關不怕耶，以為可以一手遮天。人在做，天在看哪！終究紙包不住火了吧？比他貪得多的人也沒幾個自殺，關個幾年出來，用那些贓款吃香喝辣，價值對等太高了，難怪他們願意鋌而走險，以身試法。

貪污不分顏色，什麼黨都一樣爛，我猜哪，立法院一定有貪污收賄的委員，只是還沒「煏空」罷了。沒被挖出來的恐怕還有一拖拉庫吧？

#他不是會畏罪自殺的人

#不爽公職人員貪污

106　　45則留言

先前的留言

杜品毅　樓主，你跑錯版了，這不是爆料（媒體已經炒翻天了），是爆怨吧？他不是會畏罪自殺的人？你是要爆什麼料嗎？ 1

秋之晨　杜品毅　沒有要爆料啦，我該撤文嗎？

紅橘子　人為財死，鳥為食亡，但公職人員貪污——天誅地滅。他是不是自殺，有待司法調查，就讓我們繼續看下去

連紹偉　紅橘子　你好猛，天誅地滅耶

曾筱雯　不是有某個候選人說，他若貪污就被關

到死嗎？我覺得應該立法執行，貪一毛是貪，貪七億也是貪

Ryan Chou　曾筱雯　有人說他是在騙那些不懂監獄規則的人，是在「說肖話」喔

秋之晨　Ryan Chou　關到死應該是說一直關在牢裡，不是還可以到處趴趴走

Bear Lin　細數那些收賄貪污的公職人員，什麼黨都有，我是贊成治亂世，用重典

邱建璋　Bear Lin　我不認為那樣可以對症下藥，用嚴刑峻法來遏止犯罪，也違反憲法比例原則

Sophia Liu　政府要「接地氣」，連最基本的酒駕致死、虐童都不敢立法嚴懲了，大家還想期望政府有什麼作為？

秋之晨　Sophia Liu　不要太洩氣，總會有那麼一天的

批踢踢實業坊　犯罪黑特版

作者　freestyle

標題　貪污者有幾個敢自殺？

時間　Tue Jul 24 17:24:35 2020

我姨媽是最近新聞鬧很大的F市大信鄉鄉長老婆的親戚，她也認識那個鄉長。她跟我們說，打死都不信那個鄉長會自殺。你們幾時看過政治人物或公職人員被抓到貪污就自殺的？又不是傻子。當初要貪就是打著萬一被抓，頂多關幾年的如意算盤吧？不然怎麼前車之鑑都不怕？可見不知道還有多少弊案是沒被揭發的。

推 poeoeoe：報紙說他本身就很有錢，貪心不足蛇吞象，下場就是噎死！

推 amywang：有一億的有錢人，都嘛想方設法要再賺幾個一億，

→ amywang：利用職務貪污是最快的捷徑。

噓armanigogo：萬一東窗事發就是身敗名裂、吃牢籠飯，我們平凡百姓誰敢以身試法？

噓 aabbcc：大陸很多高官的貪腐更離譜好嗎？

→ season4：嘿啊，搞內幕交易、受賄、大賣國土中飽私囊，

→ season4：將13.5噸金條金磚堆滿屋、家中金庫搜出11億現金，

→ season4：直接判無期徒刑或死刑，剛好而已！

推 onspot7：這不是貪污者的翻版嗎？只是如法炮製吧？

→ onspot7：只能說天下烏鴉一般黑，國之將亡必有妖孽啊！

→ onspot7：對了，他們好像也有人因此而自殺。

推 wgrejtt：貪污治罪條例訂得很清楚，但法官都輕判輕罰，讓敢貪污的人有恃無恐。

→ 30life：那也是「恐龍法官」之一啊。

推arthking：題外話，有哪個政治人物或影視明星會把財產裸捐？

→ arthking：不多吧，像王建煊和周潤發就說會這麼做，很令人敬佩。

→ powomen：政治人物很難吧？

→ donegood：齁，知道你在暗示誰！

→powomen：他（她）們若願意裸捐，社會也會更祥和、更美好。

ꕥ ꕥ ꕥ

七月三十一日　星期五

一波未平一波又起。

彭皓軒的祕書吳政閎一早被晨起到果園耕作的一對盧姓老農夫妻發現陳屍在他們果園旁邊的排水溝內。

老農的果園種著各種一年四季皆可採收的水果，有芭樂、香蕉、網室木瓜及他們自己吃的蔬菜。果園有一邊是一排大家共用的排水溝，一邊是可出入的田埂，另外兩邊和隔壁的果園相鄰。排水溝旁邊緊鄰一片小山坡，山坡上方是另一戶人家的果園。排水溝此時正值枯水期，水位只有15公分左右，水質有點污濁，佈滿了水草及枯葉。

老農照慣例先從外圍靠近排水溝的芭樂區採摘芭樂，當他抬著頭專注的在套袋的芭樂中搜找有沒有透光、淡綠色且大小適中，可摘取販賣的七八分熟芭樂時，一腳踩到一隻皮鞋。他正納悶這隻看起來擦得光亮的皮鞋怎會掉落在自己的果園時，他的老伴也走了過來。

「你要我講幾遍，說不要吐檳榔汁，還……，」一話未說完她就愣住了，老農正要開口辯白，看她突然不語，嘴巴又張得老大，就尋著她的目光往前一望——滴在農地上及落葉上一路延伸到排水溝的血滴——兩人同時「哇」得大聲叫了出來。

吳政閎一身稱頭的穿著（少一隻鞋）呈俯趴姿式陳屍在排水溝，已沒有生命跡象。

他的身上及頭部有擦傷及撞擊的傷痕，但頭部那兩槍令人觸目驚心。血滴由表面粗躁的農地大約延伸20公分至排水溝邊緣，呈現不規則的噴濺，是否被槍殺斃命仍有待法醫釐清。

「昨晚我們九點左右就睡覺了，有年紀了，早上又要作穡，平時都習慣早睡。」

此時老農隔壁的果園也漸漸聚攏了一些人，他們也是一早來果園工作，聽到盧姓老農夫妻的驚叫聲，不知發生何事，就紛紛拿著鋤頭鐮刀過來助陣，才知道發生了命案。現在正在警方的黃色封鎖線外等待問話，封鎖線內的鑑識組成員則正努力在採集跡證。

「昨天半夜我起來上廁所尿尿，好像有聽到碰碰兩聲。」盧姓老農說著，他旁邊一名老農也點頭附和。

「像我們這把歲數的，哪個半夜不起來個一兩次，警察大人吃老就哉。」

「嘿啊，哪甲都賀，我也是起床尿尿，有聽到耶。」

「夭壽喔，哪A死一摳人底家？」

一堆人七嘴八舌說著。

果農們大都住在離果園不遠處的自家住宅，有的走幾步路，有的騎腳踏車就可到各人的農地。

「我們這裡治安很好的，我以為是有人在放鞭炮，我老婆被我吵醒了，還念我說我是耳背聽錯了。」

「大概幾點的時候？」

「半夜兩三點吧，我沒看時鐘，我習慣那時候起來小便，很準的。」點頭附和的老農又插話說。

「你們都沒人查覺有異樣？」甄學恩看著一群老農老婦問，「排水溝旁邊的山坡上方是誰的果園？」

「荒廢很久了，一個有錢人家的地。」

許佑祥瞧著血滴落下的位置及噴濺型態，判斷吳政閎是被凶手押著從果園外邊的田埂進來的，他們再沿著果樹間的空隙穿越進來，可惜主人只在果樹周遭澆水，農地沒有種樹的空地不是長了雜草就是乾燥禿黃，採集不到有幾個人的明顯腳印。

排水溝高約40公分，僅容一個大約重80公斤，185公分高的人的寬度，幸好吳政閎的身高體重都在這些值以下，否則想像一個人塞在排水溝將水堵住是何等景象，若沒有發現血跡，恐怕好幾天都沒人會發現屍體。

吳政閎臉部朝下，雙手前伸，沒穿鞋的左腳卡在水溝壁上，勾向臀部，污水已浸到鼻孔及耳朵，被打撈起來時，屍僵還在形成期，估計死亡時間不超過四小時。

排水溝裡沒有其它有用的跡證，周遭也找不到子彈的彈殼，想必被撿走了。

20

七月三十一日　星期五

吳政閎的太太表示，他昨天晚上沒有返家，手機又一直聯絡不上。

「我們也擔心在彭鄉長事件後會發生什麼意外，熟識的人都打了，沒想到……。」她掩著面哭得泣不成聲。

甄學恩到訪吳太太之前先調閱了離果園最近的三支監視器，發現昨晚半夜兩點左右只有同一台汽車經過，大約半小時後又折返。

經研判該輛汽車內坐的正是吳政閎，可惜光線很暗，看不清楚經過與返回時車內人數，車牌號碼正在做影像解析。就怕監視器解析度太差，又在戶外風吹日曬，高溫高濕度，24小時通電開機，老化得快，或車牌面積的像素不足。

「我們懷疑吳祕書是遭到黑道行刑式槍決，」甄學恩在吳太太眼中看見的是無法置信與驚恐的神色，「妳先生是不是得罪了什麼黑道人物？」

「沒有吧，我，我不知道，他什麼都不說。」吳太太語帶遲疑。

「可疑的電話、威脅的郵件包裹？」

「自從彭鄉長死了以後他就變得很神經質，就像驚弓之鳥，一點風吹草動就嚇得要命，問他怎麼回事，他卻隻字不提。」

甄學恩心想，有些夫妻住在一起，共享一切，即使同床共枕，知道彼此生活的細節，卻不見得會分享彼此的祕密。

「我們研判吳祕書應該清楚彭鄉長不法所得的來源，之前他被羈提，不知道透露了多少情資，有可能引起覬覦或引發殺機。」

「你是說被滅口？」

「不無這種可能。」

「他不可能到處張揚啊，為什麼不放過他，還處心積慮要他的命？」

「警方會全力偵辦，妳想到什麼就跟我聯絡。」

「我們的孩子還那麼小，警官，拜託你們一定要把凶手繩之以法。」

ঌ ঌ ঌ

徐易鳴檢查吳政閎屍體的體表狀況，除了胸部及腹部有幾處電擊的燒焦痕跡外，頭部有擦挫傷，最明顯的就屬頭部的槍傷。

為確定顱內是否留有彈頭，他事先照了X光，發現有一顆在前額葉，可是槍傷的入口傷有兩處在後腦勺，出口傷只有額頭一處，致命原因看來應該是頭部遭槍擊造成的，或者還有其他部位則待解剖見分曉。

「身上多處的電擊不是致命傷，反倒像是刑罰逼供的手法，若做切片檢查，我相信會是金屬碎屑的沉積。電擊造成的『電流斑』的切片，組織細胞層會扭曲變形，蹤向變長，呈柵欄狀排列。

「吳政閎頭部的兩處入口傷很接近，都是接觸型傷口，」徐易鳴暫緩片刻好讓孫幗芳和甄學恩看清楚，「可見槍口是貼近皮膚近距離擊發的。」

「怎麼看得出來呢？」甄學恩往前靠了近些。

「你們的射擊教練一定有說過，槍枝在擊發時，爆炸的煙火藥迫使子彈從彈匣沿著槍管發射出去，還會附帶什麼從槍口一起噴出？」

「這個簡單，不就灼熱氣體及火藥殘留物嗎？」

「入口傷的型態是依照槍口距離皮膚的遠近而有所不同的。」

「如何區分遠近？」

「除了彈孔般的小洞外，開槍距離較遠的，如60公分以上，洞孔周圍有個『擦傷環』。」

「環狀的灼傷？」

「嗯，距離中等的，如15到60公分，會留下火藥刺青，距離越短越密集。」

「火藥刺青？像人體刺青的不規則圖案？」
「差不多。」
「15公分以下呢？」
「15公分以下的短距離，就是像吳政閎這種的接觸型槍傷，因為熱氣和燃燒的火藥煙灰等微粒物質直接進入皮膚，造成大片灼傷焦痕及放射狀綻開。」
徐易鳴說的入口傷形態，當警察的大都知道，但真正看得多的也許並不多。
「槍傷入口一定是圓的嗎？」換孫幗芳問道。
「不盡然是那樣，若彈頭不是九十度射進去，可能偏向橢圓形。」
「反彈呢？」
「若先射中其他物體再反彈到受害者身上，形成偏轉，這種傷口就更難界定了。」
「我們再來看這個出口傷。」孫幗芳和甄學恩的視線跟著徐易鳴的止血鉗指向的地方看過去。槍傷的出口通常比入口大，是因為彈頭穿過組織，衝破皮膚造成的。
「我知道，出口傷的形態、大小要看子彈的形狀、速度和尺寸。」甄學恩搶著說。
「還有，類型，」徐易鳴說得不急不緩，「要看是軟鉛彈還是包殼彈。」
「你是說穿透力強度會決定出口傷的形狀？」
「軟鉛彈穿入人體時容易變形，中途若再撞到骨頭結構，彈頭可能就更扭曲，使組織的損傷更廣泛，穿出人體時導致傷口裂開且不規則。」

「若軟鉛彈射入人體前就先撞到磚牆或金屬呢？」

「反彈嘛，那就不只出口傷大又不規則了，連入口傷也會比較大。」

孫、甄兩人同時點著頭。

「包殼彈顧名思義，就是子彈整顆或部分包在金屬、鐵弗龍或其他堅硬材質裡，這種子彈既高速，穿透力又大，往往直接射穿受害者，造成的入口傷和出口傷都小，不易分辨。」

「射擊角度呢？」

「射擊角度看得出是由上往下，當時凶手位置比他高，他可能是蹲著或……」

「跪著。」

「嗯，妳還要問是哪一種槍對吧？我先替妳提問了，我不──知──道，這要問彈道鑑識專家。」

「依你的經驗說說嘛。」

「從灼傷焦痕有漸層現象來看，要我猜的話，我會猜是短槍管的槍。」

「我對槍枝有點興趣，知道槍枝主要分為滑膛槍和膛線槍兩種。」

徐易鳴和孫幗芳同時轉過頭看著甄學恩。

他有點得意的說：「你們知道『彈後空腔效應』嗎？」

「子彈旋轉產生的效應嗎？」

「對，但那只有膛線槍才會有的效應，膛線槍的槍膛有螺旋狀的膛線，子彈發射出去會旋轉，加強拋射距離、精準度和殺傷力，相對的，製作過程與成本較高。」

「讓子彈飛外加旋轉？」

「被膛線槍的彈頭擊中後，彈頭通過的組織形成一個彈後空腔，使組織撕裂。」

「你見過？」

「沒啦，紙上談兵罷了。」

「我倒是見過一兩次，膛線槍彈頭旋轉的動能還釋放給周圍組織，呈放射狀移位，變成比彈頭大好幾倍的空腔。」徐易鳴比了比胸部，「組織或血管被撕裂，造成複雜的複合性損傷。」

「那，滑膛槍呢？」孫幗芳饒富興味的問，槍枝是她比較弱的部分。

「滑膛槍的損傷主要是彈頭的損傷，打破血管就會失血死亡，打破器官就衰竭或失血死亡，創道就只有彈頭形成的這一條。」

徐易鳴趁甄學恩講解的時候已熟門熟路的用開顱鋸切開吳政閎的頭顱，孫幗芳他們好像也習慣了開顱鋸快轉產生的高溫和骨屑的味道。

卡在前額葉的彈頭使得顱腔內被一片鮮血浸潤，出血區已不需要再確認了。

「死亡原因是槍傷，死亡機轉[10]是腦部的穿透性創傷，射入的彈頭引發大量失血導致死亡。」徐易鳴宣佈說。

ઢ ઢ ઢ

八月五日　星期三

警方於日前接獲情資，在三東路和六慶街附近的KTV、PUB疑有不明人士持非法槍械出入，轄區派出所於附近埋伏多日，今晨看見一名形跡可疑男子要開車離開時上前盤查，在他車子後車廂發現一只可疑行李箱，當場查獲一支改造手槍、十發改造子彈及一包安非他命。男子被帶回派出所做筆錄後，依違反「槍砲彈藥刀械管制條例」及持有毒品罪嫌移送地檢署偵辦。羅啟鋒在簽分偵查案件時，發現男子是衡川盟天養會的一名小弟，他靈光一現，想到吳政閎可能被黑道槍決的案子，決定再持續清查男子槍枝來源。

警方在男子的住處搜出多包分裝好的毒咖啡、安非他命及兩把改造式金牛座手槍、貫通槍

[10] 死亡機轉（mechanism of death）是指由死亡原因所引起的致命生理失衡或生化混亂現象，如：敗血症、出血性休克、心率不整、腎衰竭、酸中毒等導致死亡的過程。

管、一袋改造子彈和彈匣、一包撞針、擊槌，以及電鑽、研磨機、絞刀、拉刀、鑽頭等改槍工具一批，就像一座小型的兵工廠。

在法醫解剖吳政閎時，發現顱內只卡著一枚彈頭，因此孫幗芳、甄學恩和許佑祥一起回到果園重建案發現場。

——吳政閎跪在農地上面對著排水溝，後腦勺被一把槍抵著，雙手交叉抱在後頸部，歹徒逼他說出祕密還是名冊、帳冊，也許資料都被警方帶走了，歹徒只是奉命懲治叛徒。

歹徒沒發現吳政閎跪了下來的雙膝左腳的鞋子已經掉落，或許發現了，但無關緊要，將死的人少穿一隻鞋有什麼打緊。

吳政閎內心一定極度恐慌，眼睛緊閉，手足無措，可能有舉起雙手做於事無補的防禦狀，不知下一秒還是幾秒後，歹徒就會扣下扳機。此時他想到的是他老婆、小孩還是悔不當初？

歹徒的手槍朝他後腦勺連開兩槍，血液噴飛出去，滴在他的胸前、農地上及排水溝邊緣。吳政閎往前摔向排水溝，頭部先撞及水溝壁，接著身軀順勢跌落。

兇手沒留意到其中一枚彈頭從吳政閎的額頭射出，他（們）拾起兩枚彈殼走出果園，事發經過不過半小時。

許佑祥仔細搜索現場，發現那枚貫穿吳政閎腦袋的彈頭嵌進排水溝旁的小山坡60公分高的地方。

21

八月六日　星期四

將侯順興改造的子彈與果園小山坡找到的彈頭及從吳政閎頭部取出的彈頭比對完後，確定他八成就是槍殺吳政閎的凶手，至少脫離不了干係。

綽號「猴囝仔」的侯順興正在偵訊室接受偵訊，他異常狡猾，供稱不知情，人不是他殺的，即使證據充足，罪證也確鑿了，他還是不吐露隻字片語，堅持要有律師陪同在場才要說。

在前胸、左手臂、左小腿有著大片刺青面積的他跟王崧驊要菸抽，王崧驊刻意不甩他，兩個人大眼瞪小眼，好像在比賽誰的耐性比較好。

「大家都叫你『猴囝仔』對不對？我們知道你有一個女朋友，她和這件事是否有關？你不說沒關係，我們很快就可找她來問話。」

侯順興不為所動。

「你媽媽還好嗎？」

侯順興環抱胸前的手指頭動了一下。

「她知道你在混幫派嗎？」

王嵙驊改變策略，想從他的家人下手，讓他開口談論自己熟悉且親近的事而敞開心胸。

「你弟弟好像很敬仰你，以你為榜樣，他……」

「夠了！」好像刺探到他的弱點了。

「我的事和他們無關，不要拖他們下水。」

「那你倒是說說看，你殺了吳政閎，他的家人、小孩怎麼辦？你一直否認，說人不是你殺的，還是說凶手另有其人？你只是代罪羔羊或者想隱瞞什麼不能說？」

侯順興緊閉的嘴抿了一下。

「你媽媽和弟弟知道你殺人了嗎？他們對你這個兒子、哥哥會有什麼想法？」王嵙驊再加強力道，但似乎還無法奏效。

「你只是衡川盟天養會的一名小嘍囉，我相信殺人不是你的本意，你和吳政閎又沒有深仇大恨，搞不好你根本不認識他，我說的對不對？」

他的嘴仍像蚌殼般閉得那麼緊。

「我就跟你挑明了說，不管是臨時起意還是預謀殺人，你殺了人，一級謀殺案少說十年以上有期徒刑。」

侯順興聳了聳肩，一副不在乎的樣子。

難道人真的不是他殺的，他根本就有恃無恐？

王崧驊看了監控室的單面鏡一眼，猜想若是高子俊出來偵訊，會採用什麼手法？

過了一會，他改用黑道的口氣接著說：「你們是要殺人滅口吧？你知道嗎，你在等的律師不會來了，你們的堂主才不會為了你花錢請律師。

「我們跟衡川盟的幾個老大多少有點交情，咦，你不信？幹我們這行的，黑白兩道都要吃得開，不打點通關要怎麼混？」

侯順興被唬得一愣一愣的，也不知道王崧驊說的有幾分是真的，有幾分是假的。

「你們老大說，你算什麼咖，搞不好你是要貪功，自作主張殺人，讓警方抓去關正好可以殺雞儆猴。我們只要把你放出去，再放出風聲，說你在偵查隊供出誰誰誰，你覺得你出去後這條小命還保得住嗎？」

當偵訊進入重頭戲，就可按下情緒的按鈕讓他掏心掏肺講出真相，讓他說出犯了謀殺罪有多愚蠢，最好幕後主使者也一併說出來。

看著侯順興激動的神情，王崧驊的一番說詞看來要達陣了。

「你若願意轉為污點證人，將來也可以減刑。」

王崧驊再推上一把。

侯順興遲疑了半晌才嚅嚅的說：「我是我們天養會裡一個叫鄭大慶的堂主手下的小弟，他說大信鄉鄉長彭皓軒……，就是最近死掉，貪汙新聞報很大那一個。」

「我知道。」王崧驊不動聲色。

「鄭堂主說，彭鄉長貪汙受賄，一定暗槓了不少錢，現在莫名其妙走了，我們都沒撈到任何油水太可惜了。……」

「接著說。」

王崧驊遞給他一根菸，還幫他點了火，他吐了幾口菸圈，沉吟了一會。

「於是就把瞄頭指向他的祕書，認為他一定知道很多祕密或贓款的下落，他要我和方志成去把他找來問話。

「七月三十日那天，我們尾隨騎機車下班的吳政閎，在四興街強行把他擄上車，載到一處工寮用電擊槍逼問他有關彭皓軒收賄的事，想分贓款的一杯羹。但他都三緘其口，堂主惱羞成怒了，……，對，堂主事先就在工寮等我們，他說要給姓吳的一個教訓，叫我們看著辦。」

「給他教訓是要殺了他？」

「應該不是，至少我的解讀不是這樣的。」說著說著他越發激動起來，聲淚俱下，「沒想到……，沒想到，方志成擦槍走火，把他解決了。」

他和方志成後來趁半夜開車將吳政閎載到偏僻的果園要給他教訓，本想拿刀割兩根手指頭嚇唬他，還是問不出頭緒，方志成掏出改造手槍要脅也沒用，最終造成吳家的破碎。

「你說的都會當呈堂供證。首先呢，我們會對方志成發出通緝令，將他緝捕到案和你對質。

再來會比對彈道，看兇槍是不是那兩把改造式金牛座手槍其中一把，你說他也有一把，他那把才是兇槍，你最好祈禱他沒有把它丟棄。」

通常48小時是命案的破案關鍵，時間過了還沒偵破，物證會劣化，目擊者的記憶會衰退，破案機率就會降一半。吳政閎的命案雖然過了48小時，儘管侯順興的說法還有待證實並且還有漏洞，但方志成這尾漏網之魚遲早會被抓到，至少法網恢恢，可給家屬一個交待了。

杜至勳晚上打了電話過來。

「嗨！」

「嗨！」

手機兩頭都一陣靜默，即使有千言萬語也不知道如何開口，就像跳雙人舞的探戈，一方期待另一方先動作。

「嗨，近來好嗎？」還是杜至勳先開了口，只是不知用什麼當話題，「波妮好嗎？」

幸好他提到了波妮，孫幗芳正好有事要麻煩他。「波妮好像月經來了，我嚇了一跳，還想說你有沒有空陪我帶牠去結紮？」

「哈哈！」手機那頭笑了開來，「波妮不會有月經啦，牠應該是發情期到了。」

「蛤？可是牠陰部有透明色的分泌液體排出耶。」

話匣子一打開來，情人、家人的感覺就回來了。

「妳有注意到牠在發情，喵喵叫，叫個沒完嗎？」

「我太忙了沒注意到，難怪牠最近變得很愛撒嬌。」

「貓咪是屬於誘發型的排卵動物，要有交配行為的刺激才會產生排卵，」孫幗芳聽到這裡一臉緋紅，幸好杜至勳看不到。

他繼續自顧自正色的說，「貓在發情期會排出血液粘液，如果沒有受精的話，卵子行經子宮內，會被白血球破壞而不會排出體內，不像人類……，妳那樣……。」他特意加重「妳」的語氣。

「那你可以……，」她沒問他怎麼會知道貓的發情期，話未說完杜至勳就急著說「好啊！當然好！」

22

八月十日　星期一

Vision S新聞台三號攝影棚正在錄製晚上十點要播的談話政論節目「勁爆大頭條」，今天有一節的主題要參與的來賓討論F市接連三樁知名人士的命案。

勁爆大頭條是Vision S新聞台的金雞母，題材包羅萬象，打著挖掘新聞內幕的旗幟，從政治、財金、國防、外交、法律，到醫學、心理、宗教、演藝圈，甚至國際情勢、各國政要，任何天馬行空的議題，固定班底的名嘴與參與的來賓都能無所不談。

一星期五天看名嘴與政客爭鋒相對，針砭時事，時而挖苦演藝圈的八卦，時而調侃敵黨政治對手，總是語不驚人死不休，令人拍案叫絕。加上主持人獨樹一格的主持風格，倒也擁有不少死忠的粉絲。

導播在副控室掌控全局，助理導播則在棚內準備cue攝影機開啟作業。他舉起左手，接著比出三根手指：「三、二、一，Cue！」

主持人江斌龍的視線望向亮燈的一號攝影機。鏡頭先對焦在他臉上，再切到二號機往後拉出他全身及後方布景。

他今天還是穿著一襲合身筆挺的西裝，寶藍色外套搭配綠圓點、粉黃底領帶及白襯衫，下身是連套的褲子，看得出是Armani經典款。

「新聞不打烊，本台最勁爆，歡迎收看『勁爆大頭條』。」主持人開口說出大家耳熟能詳的開場白，台風依舊穩健。

「首先歡迎這一節新加入的兩位來賓……，」畫面迅速從主持人切到對著來賓的三號攝影機，「來自F市的〇〇黨立法委員朱靜瑩！」

罐頭掌聲響起。

「主持人好，各位觀眾好。」

「社會評論家賴迅！」

「斌龍好，電視機前的觀眾大家好。」

罐頭掌聲再次響起。

鏡頭回到主持人。「委員，貴F市治安是不是亮起了紅燈？」主持人開口就下猛藥。「大信鄉鄉長、他的祕書和玄元無罡神教宗主都死於非命，當然啦，也有人認為鄉長是畏罪自殺，您怎麼認為？」立委眉頭微蹙，尷尬的表情一覽無遺，但瞬間就消失無蹤。

朱靜瑩一身赭紅色印花洋裝，俏麗短髮下臉蛋的妝完美精緻，戴一副細邊金框眼鏡，是F市的政二代，已經四十出頭仍小姑獨處，從當了好幾屆市議員的父親手上接棒後就一路順風，問政犀利，有舌粲蓮花之辯才，是黨重點栽培的明日之星。

「首先呢，殺害鄉長祕書的凶手已在前幾天落網，我不得不讚揚警方在治安上的執行效率。」

「聽說凶手是衡川盟天養會的一個小弟，他只是代罪羔羊還是幕後另有黑手？」

「天養會堂主鄭大慶已被警方通緝，是否教唆殺人，等到逮捕到了，自然會還給吳祕書一個公道。」

「我查過鄭大慶的檔案，他有販毒、綁架擄人、勒索、非法持有槍械等多項前科，目前假釋中喔。」賴迅插了這句話。

「我相信警方已掌握他的行蹤，這是我所知道的。」

「所以殺人動機就是為了錢財嗎？這和彭鄉長被檢調約談貪污案是否有關？」

「吳祕書被殺的動機很明顯是為了錢財。導播，可以把這個畫面show出來嗎？」朱靜瑩轉過平板電腦，她可是有備而來。

導播將她平板電腦的畫面連到大電子螢幕，那是她從警局不知哪位人兄那裡拿到的監視畫面，雖然拍到的身影模糊，但還是第一次公開。

「相信警方已掌握到特定人士，這就是凶手的身影。」她很篤定的說。

「您是說鄉長也是他殺？但不是衡川盟幹的，凶手另有其人而且就快落網了？」

「警方還在過濾可疑嫌犯，此外，法院還沒查到貪汙的確鑿證據，依各方面資料顯示，鄉長也沒有自殺的理由。」

「有網友戲稱F市是黑市——黑道之市，您認同嗎？」

「治安一直是我們自傲的項目，從全球數據網公布的各國犯罪／安全指數排行榜顯示，我國高居前幾名，全球有目共睹。大家可看這張統計表。」

「是的，我們排行在這裡。」主持人指著螢幕上我國的數據說。

「用社會案件層出不窮、黑槍氾濫、治安出現漏洞來說嘴，對F市是不公平的，比起其他城市，F市還是宜居宜家的城市。」

「據我掌握到的可靠消息，聽說彭鄉長和玄元無罡教宗主兩人是舊識，我們都知道鄉長生前也被地檢署偵訊了，他們是否有金錢上的交流或私相授受？」賴迅發聲問。

「未經證實的事都是道聽塗說。」

「是喔，貴黨一向標榜清廉治國，最近卻有很多政治人物涉及貪汙，這對貴黨應該會造成殺傷力吧？」上一節還留下來的名嘴，號稱「時事觀察家」的葛永亮加入戰局。

「是否涉及貪汙都有待司法單位調查，若查到屬實就法辦，有幾分證據就說幾分話，××黨不也是有很多人貪汙。證據到哪就辦到哪，相信司法會給大家一個交待。」

賴迅再提問：「這是據某狗仔周刊拍到的照片，」鏡頭轉到電子螢幕大信鄉鄉長摟著女人的畫面，「聽說這位鄉長頻上酒家，大大翻轉了他以愛家好男人自居的形象，而且他和F市，也是

○○黨的議員女助理陳年桃色往事也是令人津津樂道的。」

「賴迅，你是說前陣子溢領助理費遭訴訟那個議員？」

賴迅笑而不答。

「是喔，還有這一part？」主持人納悶問道，和名嘴一搭一唱，配合得恰如其分。

「我想那是個人私德問題，不予置評，何況人都走了……。」朱靜瑩想替死者辯白。

葛永亮提高砲火猛烈度：「我覺得內政部是不是該查查玄元無罡神教，應該也有未完待續、更精彩的料可挖。」

「就你所知，是……？」

「假宗教真淫媒唷。」

主持人瞥見助導比了個暫停手勢，及時在名嘴與政客唇槍舌劍的交鋒中插話：「我們先進段廣告，別轉台喔，更精采更勁爆的大頭條馬上回來。」

本以為報考了軍校，一切按部就班受國家栽培，就可一帆風順了。哪知道當憲兵上尉連長時栽了個大觔斗，胡立青這輩子最後悔的事莫過於此了。

家裡環境不優渥，自己又不愛念書，他覺得國中畢業後讀軍校是個不錯的選擇。專科三年畢業後授予少尉排長軍銜就可下部隊帶兵，不要說光宗耀祖了，至少生活不虞匱乏。

由於羨慕憲兵總是英姿挺拔，又有司法警察權，他就申請到憲兵學校受軍官專長訓練，軍旅生涯從此平步青雲。

升到上尉連長時胡立青才三十出頭，帶的部隊移防到H市，剛好是老婆的故鄉。之前只有休假才能和老婆重溫小別勝新婚的樂趣，現在一有空就讓傳令兵開車載他回家找老婆溫存一番，三十二歲時喜獲千金。

胡立青回想起當年事件的始末，不知是鬼迷了心竅，還是被什麼沖昏了頭，他至今仍然百思不得其解。

23

「連長，老賈這個月還在『拖臺錢』[11]，要不要去喬一下？」游中士班長問胡立青。

「你撂幾個人去關照關照，叫他『目色』要放亮點，再這樣拖屎連就『知死』了。」胡立青隨口下了命令。

老賈在H市幾棟大樓的地下室以合法掩護非法，經營非法賭博電玩，除了要給「戴帽仔的」茶水費，還被「白頭盔的」盯上，按月繳交「尪仔標」。

「游班長，這幾個月我手頭卡緊，你跟你『頭仔』講一下，拜託讓我緩一緩啦。」老賈被逼急了，開始錄音蒐證。

「你是『據點』不要顧了嗎？」

「麥按呢哪，都虧你頭仔這些年的照顧，我也不是『目脫』．只是最近你們『戴帽仔的』三不五時就來『洗』，說上頭要做業績，『人客』都跑光了。」

胡立青不吃老賈那一套，還是叫游班長每天去「盧」老賈，老賈被逼得狗急跳牆了，就把證據給了檢調單位。

檢調單位一接獲舉報，堂堂國家的憲兵竟然去勒索老百姓，簡直是吃了熊心豹子膽，馬上疾風厲行查辦。檢調等蒐證齊全後才佈線收網，將胡立青及相關人等拘提羈押，交給軍法審判。一審就以違反《陸海空軍刑法》之貪污瀆職罪將胡立青起訴，判五年有期徒刑，並予免職。

11 台語黑話。拖臺錢：拖時間。目色：臉色。白頭盔的：憲兵。尪仔標：鈔票。目脫：不長眼。戴帽仔的：制服警察。洗：查抄或取締。

為了每個月一萬元的孝敬費，斷送了大好前程。

胡立青服刑期間他老婆就向法院以「因故意犯罪，經判處有期徒刑逾六個月確定」訴請離婚，並請求女兒的監護權歸給女方。他完全無能為力，只能接受這事實。

ꕥ ꕥ ꕥ

出獄後的胡立青變得毫無鬥志，與意氣風發的憲兵連長判若兩人。兩年前雙親相繼過世，他請假返家奔喪時，親友睥睨的眼神早就寫在臉上，現在他黯然回到F市，早已人事全非。得過且過了一陣子，等到阮囊羞澀才鼓起勇氣去保全公司應徵大樓保全員，所幸公司不計較他有前科，才得以謀得糊口的一職。

找到工作之前的沉寂日子，他天天藉酒澆愁，現在下了班還戒不掉酒癮，每天總要喝個醉爛，幸好沒有影響到值班的勤務，但有時候一身酒味仍引起住戶的投訴。

他值日班的某天，管委會帶了一群人來參觀，他禮貌性地請他們在訪客登記簿上簽名，突然有人看著他的名牌興奮地叫了他一聲：「啊！胡立青，你是胡立青？我啦，彭皓軒啦！」

他一時愣在當下。

彭皓軒要隨從們先和管委會一起去參觀大樓，他則留在守衛室和胡立青熱絡的話起家常。

胡立青作夢也沒想到會再和國中的死黨碰面，如今對方的身份已不可同日而語，自己難免自慚形穢，讓他覺得尷尬又如坐針氈。

沒想到彭皓軒也不嫌棄他，甚至說要幫他安插鄉公所的肥缺，只是他不想欠彭皓軒一份人情，就不了了之了。但彭皓軒有什麼「好康的」也不忘找他，最稀疏平常的就是用鄉長的交際費去金都酒店消費。

有一天彭皓軒開口要借胡立青的人頭戶做「投資」，他畢竟拿人手短、吃人嘴軟久了，況且彭皓軒既是鄉長家裡又有鐵工廠，每月還有甜頭可拿，深信自己不會變成「詐欺幫助犯」，就欣然同意了。

ఌ ఌ ఌ

「狐狸精啊，你還記得小P嗎？」彭皓軒左手正在Melody胸部游移著，突然冒出這句話。

胡立青想了想，「小P喔？就周煒立嘛。」

「他改名了，叫周偉業。幹！取這麼冠冕堂皇的名字，害老子也想去改名。」

Melody舉起酒杯裡的威廉格蘭（William Grant），含一口在嘴裡，再餵給彭皓軒。

「你知道他現在多『嗆秋』嗎？玄元無罡神教的宗主耶。就在我們F市，改天我約他出來，我們三個好好聚聚。」

「玄元無罡神教啊，我知道，很有名哦。」Melody插了話，興致高昂地說，「我有幾個姊妹都參加過他們的講道、還是佈道、傳道什麼的。鄉長，你認識他們宗主啊，介紹一下嘛！」

「那可不行，萬一你被『雙修』了，我可會心疼唷。」雙關語一出，大家都笑得不可遏止。

「再說吧。」胡立青不置可否的說。他內心對宗教有點排斥，加上老友又比他風光，他不想再自取其辱。

胡立青回到家，想到以前的死黨兩個都過得比他精彩，另一個書讀得好，現在不是學者也是科技新貴或科學家之類的吧。

一思及此，他不覺就把一瓶高粱酒給喝光了。

先是周煒立被殺棄屍，再來是彭皓軒自殺，兩則消息帶給胡立青的震驚委實不小。他隱然覺得是與某件事有關，但想破了頭都不得其解。

新聞報導說彭皓軒是貪污畏罪自縊，他一時心血來潮去查了借給彭皓軒的戶頭，發現存款只剩十萬元左右，但每次存提款或轉帳都是以百萬元計，一年來彭皓軒經手的金額總共不下五千萬。

他害怕極了！

只要閉上眼睛就會幻想警察是不是會找上門來，以人頭戶借人洗錢的罪名將他逮捕？五年的鐵窗生涯已在身心烙下無法抹滅的傷痕，那是罪有應得，但現今他若再陷身囹圄，大概會生不如死。

不斷糾結撕扯的結果就是——藉著酒精來麻痺自己。

其實他不知道的是，比被關入牢獄還令他驚懼的事正一步步向他撲來。

24

在那做夢的人的夢中，被夢見的人醒了。

——Jorge Luis Borges波赫士《虛構集Ficciones》

我懷疑我是不是得了被害妄想症？

周煒立和彭皓軒的死是否有關聯？或者只是巧合？

周煒立的案子警察還沒破，彭皓軒也死了，接下來呢？

那天胡立青在守衛室看到周煒立被殺的報導，一整天魂不守舍，雖然胡立青未曾再和他見過面，但還是會關注他。那段顯神蹟的影片及被信徒指控性侵的新聞一出來，胡立青就隱約覺得有什麼事會發生，但又不便問彭皓軒，而他也是守口如瓶，不對胡立青透露半點風聲。

「也許他也和我一樣覺得哪裡不對勁，是因為情殺、仇殺或財殺？」他們不敢互相討論，彷若誰先說出口，死神下一個就會找上他。

胡立青希望只是杞人憂天而已。

他在獄中除了規律的生活，實在是無所是事，夜深人靜時，偶爾會作噩夢——女兒長大要嫁人，他被擋在禮堂之外，牽她的手走進禮堂的是老賈，原來老婆改嫁給老賈。父母親在他們的告別式上，忽然從棺槨中爬起來罵他，說不認他這個不肖子。──他總會被嚇得驚醒，冒出一身冷汗。

胡立青一個人走在一座森林裡，怎樣都找不到出口。各種高聳參天的樹把天空遮蔽得只透進一點光線，他奮力奔跑，依稀聽到潺潺流水聲，便朝聲音傳來的方向跑去。

零落殘敗的樹枝被靴子踩得嘎吱作響。

有三個人在前方向他招手，他一鼓作氣拔腿往前狂奔，一個不留神，突然被一塊突起的小丘絆倒，面朝下撲跌而去，嘴巴鼻子充滿了腐敗、死亡的味道。

他抬頭看著他們，只見三個人笑得前俯後仰。

他們三人把我帶進一間小木屋，屋裡有一位少女，長得亭亭玉立。

「你在作夢啦，」他們異口同聲地說，「我們四個人進來小木屋後就一直在飲酒唱歌啊，根本沒有什麼少女在小木屋裡。」

「可是我卻記得很清楚啊，還有──我們對她做了什麼。」

「我們對她做了什麼？聽你在嚎洨啦。」

「我們對她做……」

女子最近一直到胡立青的夢裡來，總是無聲開闔著嘴，卻什麼都聽不清楚。他從來都看不清楚她的容貌，糊淌的影像就只有那雙眼睛死盯著他，哀戚的、愁悵的，想要表達什麼。盯得他全身發毛。

下一個是不是輪到他了？

胡立青記不得何時開始吸食安非他命的，但它讓他的夢境裡好久不再出現她了，也讓他相信她只是個幻覺。

他將透明的安非他命結晶體置入球狀玻璃管加熱，經加熱產生的氣體在玻璃管中流竄。他吸了一口，閉上眼睛將身子往後仰，臉上寫滿了極致滿足的表情。

嗆嗆的、有飄飄然的感覺，突如其來的舒服，那是一種狂喜的快感。

胡立青猶然記得剛吸食時，腦袋昏眩直轉，一開始噁心想吐，手腳麻麻的，但很快的，像沙漠被一陣傾盆大雨劃破，一股愉悅的浪潮開始在他全身奔竄，有一種籠罩全身的歡愉感揮之不去，焦慮感也消失了，眼前的一切都好極了。

這就是和跟魔鬼打交道的代價嗎？

他也會直接將粉末吸進鼻子裡，他的鼻腔發燙，眼睛泛出淚水，覺得有煙火在腦袋裡點著了，棒透了！只是藥效退了後，感覺就像墜入地獄一般，頭痛欲裂，眼前似有千千萬萬隻飛蟲在盤旋，像要炸開似的。

快樂的顛峰一旦退去，情緒也一起下滑到無比頹喪的境地。

「我可以體會薛西弗斯被諸神懲罰重複著推石頭的行為，他深知推石頭無意義，但還是身不由己要去推，就像我。」他告訴自己不能再吸了，但總是無法自拔，「唉，再一口就好。」

胡立青自告奮勇要值大夜班，夜晚出入大樓的住戶少太多了。例行性的巡邏結束後，可以小盹一兩小時，再巡邏，再打盹，八小時很快就過了。再回家和魔鬼打交道去，就不會惶惶不可終日了。

值班前他不敢吸太多，不敢想像值班中毒癮發作會是何等窘態。只是他最近感覺快失控了，夢見那個少女的次數有增無減，連彭皓軒和周煒立也入夢了。

他們什麼都不說，只是一股勁的要他喝，他也不知那黃黃的是什麼鬼東西。

在夢裡是沒有嗅覺，只有感覺的。

胡立青還沒看清楚來者就被一把架到脖子的刀子給嚇住了。

男子要他把車開去公墓，他不知道這名男子是誰？想做什麼？他心想，我都一無所有了，還有什麼可搶的嗎？

可男子的長相、外觀又像是夢中那個少女，但胡立青很確定不是她。他又想，我一定是在作夢吧，只是這次夢見一個從未入過夢的人。

胡立青依指示從一條較大的馬路駛進一座公墓，大半夜的，一路上不見半個人影，闇黑又沉寂。幹道還有路燈照明，突然拐個彎到小徑，就幾乎伸手不見五指。

胡立青開著遠光燈緩緩前進，前方被照亮的墳墓如倒帶般從車窗掠過，令他毛骨悚然，就算喝了酒也醉意全消了，若不是刀子還架在脖子上，他真想跳車逃離這鬼地方。

「就停這裡吧。」男子開口冷冷的道。

胡立青依言停妥車後熄了火，不敢多說一句，車燈也隨即關掉，他無法忍受眼前近在咫尺的一座座墳墓被車燈照得如此清晰明亮，就像夢境一般。

男子的聲音低沉沙啞，胡立青從車內後視鏡瞄了他一眼。中性髮型，削瘦的臉龐上感覺不出有什麼血色。

在車外月色映照下，神色彷似某人——一個在胡立青腦海中說不出來、一閃而過的某人。

兩人靜坐了片刻，男子猶如構思了許久才開口說道：「你們的人生真可悲！」胡立青一時不知道他話裡的含義。

「一個當神棍騙人騙色、一個貪汙瀆職、一個勒索吸毒，當你們的小孩真是倒了八輩子霉。」

胡立青還是聽不出他是在指桑罵槐，還是含譏帶諷在說誰，又不敢開口問。

「四個都是一丘之貉！」

沒聽錯，他說：四個。

胡立青戒慎戒懼的問：「我……，年輕人，我可以請教你……，」雖然在軍中帶年輕小伙子，也算閱人無數，但畢竟脫離太久了，他都忘了如何跟年輕人溝通了。「我們之前見過嗎？我覺得你很眼熟，你……，我們可以先離開這裡，坐下來好好談……，」

「靠么喔！」

胡立青話還沒說完就換來一句咒罵，緊接著他的太陽穴被他從後面一擊，尖叫聲從腹部陡然升起，像支扁鑽通過喉嚨，直衝腦門；驚嚇和恐懼則像水柱從心臟湧出，在鼻腔、眼眶、耳穴竄流。

「你有什麼資格還是什麼籌碼跟我談？」男子不假顏色的說，「我問你答就好了。」

「你認識彭皓軒和周煒立？」

胡立青點頭，痛得答不出話來。

「好朋友？」

胡立青搗揉著太陽穴，痛楚才稍緩。「談不上好朋友，國中到高中比較好，出社會後就沒怎麼往來。」從後視鏡看到的男子不動聲色，「我直到最近才和彭皓軒連絡上。」

「那就對了，記憶力不錯。24年前在彭皓軒家的小木屋發生的事想必也記憶猶新？」

「24年前？小木屋？」

25

八月十八日　星期二

一大早就有三男兩女在第二公墓循著被人踩出的羊腸小道亦步亦趨的踽踽而行，唯恐一腳踩空，掉進已被崛起、剩一處處窟窿的空墓穴中。他們從外環道路走進來，穿梭在雜草叢生、高低起伏的荒塚與墳墓間，準備將祖先撿骨，遷葬至靈骨塔。

當他們爬到頂點處正要往下走，其中一名女子驚呼出聲：「你們看！那是什麼？」其他人往她手指的方向望去，赫然看到下方比較平坦之處有一台燒得僅剩骨架、殘破不堪的車體。

勤務指揮中心接獲報案後，兩名巡邏員警火速趕到現場。他們發現現場有一具燒焦的屍體，一顆心懸得高高的，立馬呼叫支援。

在等候同仁帶封鎖線過來及鑑識小組及偵查隊抵達前，員警先用簡易的相機拍攝到場所見情形、避免閒雜人等進入犯罪現場、並保護跡證不被破壞。

公墓四野茫茫，很難判定何處是重要出入口，而且到處是被人點火燒野草留下的焦黑痕跡。舉目四望，未完全燃燒殆盡的金紙與空的塑膠袋隨風飛揚，新鮮的、乾枯的水果皮與菸蒂、拜拜的香腳、用完的打火機、裝滿垃圾的塑膠袋滿地丟棄。因此僅就焦車一百米半徑範圍拉起封鎖管制線，有用的跡證則待鑑識小組來蒐證。

鑑識小組及偵查隊隊員從外環道路進入公墓的主幹道八百米後左轉，再六百米後右轉，可看到前方三百米有一處比較平坦的區域，已拉起封鎖線。

蔡伯諺才聞到焦味就感到謀殺的恐懼吞噬著他的五臟六腑，一個不留神踩到一塊突起的石頭，腳步一個踉蹌，差點往前撲倒。

他還僵住在詭異焦屍的驚駭中尚未清醒，無法想像三更半夜跑到這種鬼地方殺人又放火燒車需要多大的勇氣。他感到腹中有一股張力在蠕動翻騰，想要將早上吃的火腿蛋餅往喉嚨推擠，只差一個觸發的氣味、景象或畫面而已。

蔡伯諺急忙轉過身去，假裝在察看地上的證物。

犯罪現場充滿著指示與下達命令的吆喝聲、腳步踩在雜草上的窸窣聲。

檢察官羅啟鋒隨後才趕到現場，看到如此景況，不禁皺起眉頭。他向在場的鑑識組及偵查隊隊員點頭致意。

從副駕駛座望向在駕駛座的焦屍，正好呈現一個「ㄣ」字。

「羅檢，起火點在死者身上，起火原因是汽油燃燒。」鑑識組組長許佑祥先暫停採檢，向羅啟鋒解說，「屍體被焚燒得很嚴重，至少有70％碳化了。」

他總是秉持著『**肉眼看不見的線索才是最關鍵的線索**』的宗旨去找出犯罪現場可疑的證物，不放過任何細節，不讓證據到了法庭被認為不足採信。

「死者看起來好像沒有掙扎的跡象？」羅啟鋒問許佑祥。

「你是懷疑死後焚屍？可是他的手腳有呈現鬥拳狀？」

「我記得徐法醫說過，肌肉遇高溫會攣縮，呈現鬥拳狀，」孫幗芳也到了，「應該和生前被燒死還是死後焚屍無關。也許是死前就呈蜷縮狀。」

「這就要徐法醫來解惑了。」許佑祥答。

「死者身上有沒有項鍊、手錶、手環之類的辯識物？我看車牌號碼都燒得扭曲變形了，引擎號碼還辨識的出來嗎？」

「目前還沒找到可辨識死者身份的證物。」

「喔靠！至少有個刺青沒燒到也較好辨認吧。」小分隊長甄學恩走了過來，邊罵邊說，即使戴了口罩，仍用手帕掩著鼻子，那焦味令他想起烤肉時燒焦的味道。

「凶手會焚屍很多是為了掩蓋死者的身份，不知道燒成這樣還驗不驗得出ＤＮＡ？」孫幗芳問道。

「骨骼和牙齒還可以。」羅啟鋒轉頭向一旁的孫幗芳回答。

「但就算驗得出ＤＮＡ也要有樣本比對啊，除非有人來認屍，或從失蹤人口查看有沒有線索。」

「我記得有個詐領保險金的案例。一對鴛鴦大盜找了一個流浪漢當替死鬼，將他焚屍，還特意留下男的可辨識的證件，女的再假裝去認屍。等保險金下來，男的也整了形，正假造另一個身份準備出境。」

「是啊，流浪漢居無定所，無家無業，是社會的低階人物，死了沒人可證明，即使失蹤了也沒人來報案。」

「後來怎麼發現的？」蔡伯諺不知是基於好奇在問，還是想對這年輕的檢察官拍馬屁。

「哈，我先賣個關子。」羅啟鋒故意逗他。

「羅檢，我在犯罪現場展開周邊搜索後找到一支彎曲變形的針頭，上頭還有微量血跡覆著在上面。」過了許久，許佑祥再次向羅啟鋒回報。

「有找到裝助燃劑（汽油）的容器嗎？」

「在車內是有找到一兩件沒完全燒盡融化的塑膠碎片，有可能是裝汽油的容器或蓋子之類的。我會留下來篩灰燼，看能不能找出不該出現在現場的東西卻出現在現場。而且啊……，」

他狡詭地笑了笑，說：「我打算把屍體和駕駛座一起送到解剖室，燒成這樣，我沒把握屍體一分離駕駛座不會被我毀壞。就算是送給徐法醫的禮物好了，誰叫他今天沒出現。」

大家聽了都點頭附和，覺得難得整整徐法醫也不錯。

「對了，附近有沒有監視器？」羅啟鋒問一個地方員警，指示他以昨天17點到今晨8點為範圍，調出監視器的視頻給鑑識科的影像處理組分析。

ॐ ॐ ॐ

稍早徐易鳴和蘇肇鑫就把鑑識組送來連同駕駛座的屍體分離，先裝入屍袋了，就等偵查隊派人過來相驗再解剖。

屍袋一拉開，甄學恩就算戴了兩層口罩，嘴唇抹了薄荷油，還是聞到一股焦烟味瀰漫在解剖室，直教人探胃底作嘔。

他想到昨晚吃的烤肉就一陣反胃，現在比當天在公墓現場的味道還多了一種濃烈的味道。公墓是寬闊的開放空間，至少味道不會悶閉不散，對了，還少了車子的金屬焦味。

甄學恩故意找蔡伯諺一起去相驗，「甄大膽」的稱號不是白叫的，可不能在下屬面前漏氣。

平時看到三級以上燒燙傷的皮膚就夠噁心的，紅斑、水疱這些有機體存活的時候才有的反應都因碳化看不到了，但法醫戴手套的手一碰，就掉下一塊燒焦的皮膚，露出猩紅色的皮下組織，還是不忍卒睹。

「被燒死的屍體，顱骨會因脆化、腦組織膨脹而迸裂，」在徐易鳴將呈現「ㄣ」字型的屍體剝除頭皮後，他說：「骨折線正常是呈線形的，你們看，」甄學恩和蔡伯諺湊了過去，白森森的骨頭在燈光照射下分外陰森恐怖。

「顱骨右顳骨和頂骨這一區已經碎裂了。」

徐易鳴將幾塊黏附在頭皮上的碎片交給一旁的助理小蘇。

他接著用止血鉗指著其中一條骨折線，說：「這是往內凹陷的傷口。」

「你的意思是……，這是外力造成的？」

「待會再證實。」徐易鳴點點頭。

他用開顱鋸切開頭顱，露出紅白相間的腦組織。

「組織內有出血，但沒有對衝傷[12]，」他肯定的說，「因外力作用所致很明顯。」

「腦組織嚴重挫傷，有外傷性蛛網膜下腔出血，腦疝[13]形成了。」徐易鳴說的是顱內壓過高的併發症。

「徐法醫，那麼死者是生前被燒死還是死後被焚屍？」

「不急，我知道判斷是生前燒死還是死後焚屍對案情的定性具有關鍵性作用，接下來這位弟

12 腦損傷的一種，頭部受到外力作用，如突然暈倒跌倒，往前做直線減速運動時，在慣性作用下，形成對側損傷。若靜止不動的頭部受外物撞擊，則對衝傷少見或輕微。

13 Brain herniation，顱內壓過高的併發症，此時大腦的一部分擠過顱骨內的結構，導致腫塊效應，使顱內壓升高，足以阻斷對腦部的血流而致死。

兄要有心理準備喔，」徐易鳴對著蔡伯諺說，「你是新來的對吧？」

「嗯。」

蔡伯諺嗯了一聲，其實胃裡的酸水早就翻湧上來了。

「火燒的高溫會導致骨頭脫水而縮小，使得體型難以準確推斷，而且高度碳化後，就剩兩側頸部和項部被烤熟的肌肉還連接著，而不致於屍首分離。我們來看呼吸道和肺臟有沒有熱灼傷囉！」

徐易鳴用止血鉗夾住氣管，再用手術刀輕輕一劃，發現沒有充血和水腫現象，連支氣管也是沒有煙灰的炭末。

他再將上呼吸道與肺臟從胸腔分離，喉頭也沒有一點兒燒灼痕跡，肺臟亦是乾淨的。

「要做內臟切片嗎？」一旁的蘇肇鑫問。

「我想沒這個必要性。是**死後焚屍**！」徐易鳴胸有成竹的說，同時發現蔡伯諺已跑到洗手槽吐得唏哩嘩啦了。

徐易鳴若無其事繼續說：「我本來還想檢驗血液中的碳氧血紅蛋白含量，看來是不用了。」

接下來他把屍體的「恥骨聯合面[14]」打開。

「看得出死者是一名男性，年齡介於40到45歲之間。」

他看兩位偵查隊隊員沒反應，不確定自己表達得是否夠清楚，或者是他們已經快受不了參與解剖的煎熬了。

「許組長有說在犯罪現場找到一支彎曲變形的針頭，所以我最後再抽取血液送去化驗有沒有毒物或藥物反應就可結束了，兩位要先行離開無所謂。

「對了，我之前已讓小蘇拍了X光，若查出死者，你們可以拿片子去比對牙齒是否吻合。」

徐易鳴如是說。

甄學恩和蔡伯諺離開後，蘇肇鑫邊收拾解剖檯邊問：「燒焦的屍體可以做『臉部重建』嗎？」

「哈，大哉問！」

徐易鳴脫了手術袍和手套，喝口水後說：「顱相疊合術（skull-photo superimposition）是一門藝術，需法醫人類學家、雕塑家、齒科專家共同參與，用二維圖像在電腦重現三維頭像，才能製作出近似死者面孔的肖像。

14 人體左右兩側恥骨在骨盆下方聯合在一起，聯合的面稱作恥骨聯合面。這個面會隨著年齡增長呈現一種規律的改變，根據多個特徵點換算成數值，帶入迴歸方程式可計算出死者的年齡，誤差可小到±2歲。

「電視上不都是這麼演：在幾秒鐘中內將幾個畫面帶進來、飛出去，一個栩栩如生的立體輪廓就出來了，再套上髮色、眸色、膚色，重疊演員的頭像，就說是臉部重建。你相信嗎？」

ꕥ ꕥ ꕥ

公墓有一條比較大，可容兩輛車會車的道路貫穿東西兩邊外環道路，方便靈車進出，直達火葬場。很多人為了省時，不走外環道路，直接開上這條路。白天還好，晚上除非膽子大又不忌諱的人才會這麼開。

員警調出兩頭的監視器給鑑識科比對。

鑑識科處理影像的組員顧文斌隨著螢幕上的畫面一幀一幀跳過，他長時間盯著一閃而過的鏡頭，反覆回看、慢放，仔細查找蛛絲馬跡，唯恐錯過重要細節。

畫面上主嫌仍沒有出現，沒有場景的切換，沒有跌宕的劇情，更沒有特寫鏡頭，顧文斌睜大眼睛將這些枯燥的監控視頻看了整整一個通宵，雙眼已經布滿血絲。

顧文斌從最鄰近公墓東邊的路口監視器比對西邊的路口監視器，剔除有拍到離開的車輛，鎖定剩餘可能另從小徑離開的車輛，約有十來輛，或許被焚燒的那輛就是其中的某一輛。

從監理站提供的資料一一聯絡車主後，只有三輛行照登記人並非當晚的駕駛人。聯絡得上的人與車子都安然無恙，過濾到最後，只剩兩輛無法聯繫上車主。

比較可疑的是其中一輛已被監理機關逕行註銷車輛牌照，原因是原車主已過世，但繼續使用的人未辦理過戶也未申請報廢，也一直未被警察攔查發現。

警察循著車子登記的地址找到屋主。

房屋在兩三年前就賣給現在的屋主，結果他不是該車相關的繼承人。房子是透過房仲買賣的，他未曾和售屋者謀過面，房屋買賣合約書他也早就扔了，警察只好向房仲調資料，得知賣屋人是胡立青。

胡立青他人現在何處？被燒焦的死者是胡立青嗎？

胡立青兩天未到職，保全公司又聯絡不上人，派人到他家裡也撲空，彷若人間蒸發。

公司兩天後才向警方報案請求協尋。

26

八月二十一日　星期五

胡立青的身家被調查得一清二楚，前妻和姐姐都拒絕來認領屍體，只好申請無名屍鑑定專案來比對ＤＮＡ，確定被燒焦的屍體死者就是胡立青。

之前徐易鳴曾意味深長的說：政府寧願浪費公帑養肥貓、蓋蚊子館、搞金錢外交，幾億又幾億拼命的花，『刑事ＤＮＡ生理描繪技術』只是前瞻基礎建設的九牛一毛，卻沒有政客支持提撥預算來建立，殊為可惜。

他因犯罪現場找到的針頭而懷疑胡立青是否生前也被注射了藥劑，還是抽了血液去化驗。

果不其然，在胡立青身上除了頭部的挫傷、從血液中驗出高濃度酒精及安非他命外，也驗出有Midazolam成分的鎮定劑。

會議室一片死寂，大家的神經都繃得像鋼琴弦似的，辦案遇到瓶頸讓每個人的神態就像面癱演員的一號表情。

「忘了在哪本書看過，要了解我們的凶手，首要方法之一就是了解他的被害者。」副局長首先打破沉默。

原本會前大家都有心理準備，朱靜瑩近日頻上政論節目公開談論彭、周的案子，還下馬威說：「我沒有要給警方壓力，但若是案子破不了，誰該負責誰就該下台，不是嗎？」副局長若看了Vision S新聞台等幾個政論節目，不是大發雷霆就是會抓狂，沒想到副局長面不改色。

是茶壺裡的風暴還沒被掀開？還是他葫蘆裡賣的什麼藥？

他看著大家好像難以理解的表情，一本正經的繼續說：「你們想看我發脾氣對不對？告訴你們，我修養好得很，那些名嘴、政客胡說八道不打草稿，咱們不用為他們壞了好心情。」

看來薑還是老的辣，一般人恐怕粗口早就爆發洩洪了。

「這三樁案子除了注射藥物是唯一相同的行兇手法外，其餘犯案方式不同，發現屍體的地點也不同，被害者職業、身家背景都不同……，」他停頓了幾秒，好確定大家是否有了解他話中的含義。

他接著說：「我懷疑是一種報復行為。你們調查被害者之間的關聯性不是也陷入膠著？調查工作陷進了一個死胡同？」

「副局長，凶手是如何選擇被害人的？地緣條件為何？若沒有固定的殺人模式、棄屍地點、被害者對象……，何以認為是報復行為？」會議桌角落有人提問。

「也有人跟我說是連續殺人犯所為，是喔？你們應該都上過連續殺人犯相關的課吧？」副局長沒有正面回答。

「所以是連續殺人犯的報復行為？」

「以自己特定的儀式、手法，搞得好像凶手在執行謀殺行為獨特得就像簽名一樣。像綁縛、割某部位器官、再割喉……」這句話很難聽出是陳述句、疑問句或只是評論，只是大家聽得一頭霧水。

高子俊站出來打圓場。

「副局長的意思是指示我們不妨往被害者與凶手的恩怨，同時留意是否連續殺人犯的方向調查？」

「而且，三起命案，請記住這是三起尚未偵破的命案。」副局長補充說，「我可是語重心長的在跟你們說喔。那個姓朱的立委不是說案子沒破，該負責的就該下台嗎？我這頂烏紗帽保不保得住就靠你們了。」他硬擠出一個笑容。

他畢竟還是在乎的，儘管心虛，還是得讓自己的語氣聽起來顯得很堅定。

「若這三件案子我們面對的是同一凶手，則四人之間應該是熟識的——至少有某種程度上的關聯。就目前調查的結果，僅知三人是國中時期的死黨。」孫幗芳報告。

「國中生會犯下什麼驚天動地或驚世駭俗的事讓凶手二十多年後來追殺他們？被霸凌嗎？」副局長說完，自己都覺得好笑，噗嗤一聲笑了出來。

孫幗芳憂心忡忡的說：「我倒覺得還會有第四名、第五名受害者。會不會是他們高中後繼續為非作歹，聯手做了什麼傷天害理的事，讓凶手一次來個報復性謀殺？」

「是啊，我也認同分隊長的顧慮，麻煩就麻煩在年代已久遠，誰還會記得當時發生過何事？受害者是誰？若是高中或大學時期犯的錯，表示他們國中畢業後還有聯絡，那麼要檢調的人事物範圍又更大了，傷腦筋啊！」王崧驊懊惱的說。

「我調查過他們三人成人後的背景環境，完全不同，可說是風馬牛不相及。一個從軍、一個經商、一個搞宗教，搭不上線嘛。」還沒開口的甄學恩道。

好像電影被拙劣的導演剪掉一段關鍵情節，內容兜不攏，觀眾如霧裡看花。

「凶手的動機似乎不是為了錢財，」高子俊說，「最富有的彭皓軒沒被勒索；周偉業雖然被勒索，歹徒卻沒現身；胡立青身上根本就炸不出油來。」

副局長眉頭微蹙，一隻手摩挲著下巴，一言不發，令人猜不透他的心思。

良久，他才說：「推理小說不是都說什麼『真相的範圍極小而明確，但錯誤卻是無邊無際』？果真如此，你們就不會如此捉襟見肘了。」

蔡伯諺應和道：「副局長說得很中肯，我覺得獲益良多。」

但副局長話鋒一轉。「殺人沒有章法，又似乎有預謀，應該不是隨機殺人。隨機殺人不會把被害者弄得像祭獻那麼複雜。這位隊員，」他指向蔡伯諺說，「你覺得歹徒是預謀還是隨機殺人？」

蔡伯諺突然被點到，一時語塞，支吾半天才道：「我認為都有可能。」

ะ ะ ะ

投影螢幕上顯示著F市的地圖。

上頭有三個地方釘上紅色圖釘和標註日期，分別是周偉業、彭皓軒及胡立青被棄屍的魚塭、小木屋和公墓，都屬市區的邊陲地帶。

大家絞盡腦汁想要從日期、案發地點、現場證物、凶手作案手法找出犯罪模式，描繪出受害者之間更詳細的關聯圖或樹狀圖卻徒勞無功，更遑論如何勾勒出凶手隱匿的位置。

至於凶手的年齡、外貌、心理狀況甚至性別，大家盯著螢幕，想的答案恐怕都一樣——凶手不簡單、案情不單純。

如果下意識中一直蘊釀的想法突然像棵頑強的雜草無意中萌了芽，觸發了腦中某處的頓悟該有多好。

「在婚姻狀況及感情方面，除了已知的周偉業另有性侵案未了，彭皓軒桃花多卻沒有外遇，胡立青則已離婚多年。三人在情感方面沒有共通的牽涉點，情殺這條線索看來是說不通的。」

「我依然覺得不可錯過之前我們討論過的財殺這條線。會是僱用殺手幹的嗎？」有人又兜回財殺這條線。

「會僱用殺手確實大部分跟金錢有關，但除了彭皓軒或許有錢財糾紛，另外兩人你們不是也調查過了？」

「而且索討不成就殺人滅口也於理不合吧？受僱討錢就是要教訓被害者把錢吐出來，沒要到錢之前是拿不到酬勞的。」

「殺手殺人的手法也多數是類似的，搞得很複雜不是他們一貫的作風。殺完人再載到偏僻地方棄屍，乾淨俐落又可避免嫌疑上身。」

「我知道砍擊被害人面部很多是基於仇恨心理，但一把火把胡立青燒了，我就不明瞭凶手是什麼心態了。」甄學恩搖著頭說。

「好了，你們辦案同時也要留意三個月內的鄉長補選，留意有什麼風吹草動或和案情有關的蛛絲馬跡，」副局長說完若有所思，心中似乎另有盤算。「算了，我看這個交給偵三隊去辦好了。」

散會前他還撂下這句話：「對了，我在局長面前拍胸脯打包票說，案子很快就可有眉目，你們可不要讓我漏氣。」

孫幗芳臨時起意想要到三個犯罪現場走一趟。

她騎機車從偵查隊側門出去，沿著筆直的吉仁路一段往前走。那一帶是F市的精華區，商辦大樓、診所、餐廳林立，手搖飲及咖啡店、補習班、麵包店、便利商店在兩公里的馬路兩旁處處可見，金都酒店就在三段路上。

彭皓軒遇害當晚就是從三段另一頭開車過來的。

她從二段右轉，彎入另一條錦樂路。雖然說是路，其實路面不寬，只是比較長。每到用餐時間，小小店面的自助餐店、麵店、小吃店總是擠滿上班族。到了盡頭是個T字路，左彎可達周偉業被棄屍的魚塭，右彎可到公墓，但都要二、三十分鐘車程，與小木屋一樣，都是屬偏僻且人煙稀少的地點。

鄉公所↓金都酒店↓小木屋／

文馨財團法人辦公大樓↓公園↓魚塭／

眾議苑↓胡立青住處↓公墓

凶手到底與受害者之間有沒有地緣關係？孫幗芳一時還理不出頭緒，只能說凶手擅長規劃，不怕屍體被發現。

想著想著，她就從錦樂路轉回頭，先找家便利商店，點一杯美式咖啡，再去景德國中。

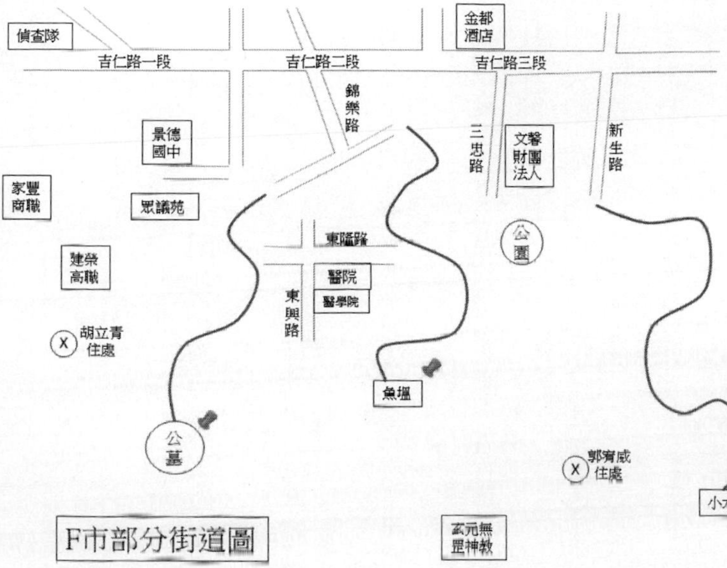
偵查隊
金都酒店
吉仁路一段
吉仁路二段
吉仁路三段
錦樂路
景德國中
家豐商職
眾議苑
三忠路
文馨財團法人
新生路
東隆路
醫院
醫學院
東興路
建榮高職
公園
胡立青住處
魚塭
公墓
郭宥威住處
小木屋
玄元無量神教
F市部分街道圖

27

莊老師指著畢業紀念冊上都理著平頭的胡立青和周煒立的青澀照片給孫幗芳看。

「我教過他們兩年。」老師說。

教過周偉業和胡立青的莊老師看起來約莫五十開外，和藹可親，戴一副老花眼鏡，鄰家媽媽的樣子就像那樣。

胡立青顯得略小的嘴巴和鼻子反而襯托出他那對大耳朵，只是呆滯的眼神又覺得是故意和攝影師唱反調。

周煒立則是中等臉型，額頭高聳飽滿，有雙濃眉大眼，五官乍看之下清秀帥氣。

莊老師再翻到有彭皓軒照片的那一頁。

彭皓軒的下巴微凸，頭大大的，配上顯得突出的鼻子和刻意的笑容，透露著狹褻的眼神，和成人後的樣子對照，根本是判若兩人。

「彭皓軒是隔壁班王老師帶的，他好幾年前就退休了。」

之前經由彭皓軒太太口中知道周偉業與彭皓軒是舊識後，請轄區員警去戶政事務所調閱資料，發現改名前的周偉業與彭皓軒兩人雖然一個念高職，一個念商職，但都是讀同一所學區的景德國中。

想仿傚「超級任務」去找他們的老師、同學，但畢竟警力不是有專款製作衝收視率的電視台，最後只找到國中帶過周煒立的莊老師。高職與商職目前則都沒有知悉二十多年前的兩人的教職員或同學與老師。

孫幗芳原本約好時間去拜訪莊老師，卻因胡立青的案子而延緩，無巧不成書，兩人竟都是她帶過的學生。

「老師對他們有印象嗎？」

「老實說，我原本也沒什麼印象，教過那麼多的學生，記得住的就那些當醫師的或當大老闆的，至於胡立青和周煒立，妳來問我才稍稍想起來。」老師瞇著眼睛望著前方，努力在記憶的摺痕裡找到一丁點兩人有關聯的蜘絲片蹤。

莊老師沉吟了一會才說：「彭皓軒當上鄉長時，學校有喧騰過一陣子，難得有畢業生當鄉長嘛，所以我還依稀記得。嗯，我想起來了，彭皓軒好像和另外一位同學常來找他們兩個，打打鬧鬧的，青春期的國中男孩子哪個不調皮呢？

「我沒記錯的話⋯⋯，呃，沒錯，他們曾經捉弄一位身材比較胖的女生，把一隻可能是被車子壓扁的死青蛙放在她的抽屜被我處罰過。」莊老師扶了扶眼鏡，「那個女生一摸，拿出來一看，嚇得花容失色，整堂課哭得唏哩嘩啦的，怎麼安撫都沒用。」

孫幗芳微笑著，嘴角彎出微微的弧度。「後來呢？」

「我懷疑四個都有分，至於誰是主謀，他們倒是講義氣，寧可受罰也不說。那一個星期，班上的垃圾和負責的廁所我就處罰他們兩個清理了。」

老師嘆了口氣，說：「以前還可以管教學生，現在的學生不好帶，動不動就會錄音錄影控訴老師不當管教。」她望著前方，似乎有感而發，「我再一兩年也要辦退休了。」

「老師，您知道他們兩個……，還有彭皓軒……，都死了嗎？警方強烈懷疑是他殺，而且凶手和他們都能有所關聯。」

莊老師又嘆了一口氣。

「彭皓軒的事學校都在傳，畢竟他也是個鄉長。當他當上鄉長時，學校還以他為榮，等到貪污受賄被起訴，學校就噤若寒蟬了。搞到後來被殺，到底還是不光彩的事，也就都沒人再提了，頂多是好事者私下耳語罷了。」

「老師說他們一夥還有一個人，您知道是誰嗎？」

莊老師肩膀一聳，輕輕地搖著頭。「很抱歉，我真的不知道，或者說真的記不起來。畢業後大家各奔前程，他們是否還有聯繫我也無從知悉。」

「現在社群網路或LINE很方便，您有加他們群組嗎？或許有其他同學可提供一些資訊？」

孫幗芳不死心。

「我不記得他們那一屆有人建群組要我加入耶！真的要跟妳說聲抱歉，幫不上什麼忙。」

這趟景德國中的訪查，孫幗芳是覺得所獲無幾的。也難怪啦，事隔多年，兩人又不是出類拔萃的學生，唯一所獲就是依直覺而言，可能還有一個人即將陷入險境。

她本想放棄再跑那兩間高職與商職，就怕還是無功而返，但心念一轉，既然都出來了，白跑一趟又何妨。

「當上帝為你關了一扇門，同時會為你開啟一扇窗」這句話對孫幗芳而言，再恰好也不過了，因為凡事就是這麼奇妙。

28

家豐商職的幾位主任一味地對彭皓軒歌功頌德，說他是傑出校友、捐獻給學校多少錢啦、貪汙受賄應該是莫須有的事啦……。

建榮高職的祕書室有一位職員與周煒立是該校同屆資訊科的隔壁班同學，她原本沒在關注玄元無罡神教的事，不清楚整個來龍去脈，是事後聽聞有警察來校探詢周煒立，才把訊息傳到好友群組，也請大家把資訊分享出去，或許有人會記得當年周煒立這號人物也未必。

現在網路無遠弗屆，有人登高一呼往往就一傳十、十傳百，要集氣、募款、尋人肉搜、增加點閱率和按讚數，有時還真會有出人意表的結果。

「最近因為我們同學的群組在討論周煒立的事我才想到的。」

何翊欣主動來偵查隊配合調查，提供周偉業念高職時的往事，她是個保養得宜的四十幾歲職業婦女。

「大家在傳的周偉業原來是我們同一屆的周煒立，我上網查了相關新聞才確定他就是我認識的小P，也就是洪敏卉的男友。」

孫幗芳幫何翊欣倒了一杯茶，不急在一時半刻就想從她嘴裡聽到全部往事。

「謝謝。我不知道洪敏卉有沒有牽涉到周煒立的案子，畢竟已經過了二十幾年了，但心裡就是有一塊石頭擱在那裡。」她先喝口茶潤喉，似乎還不知道要從何說起，「我是不知道性侵的追訴權時效多久啦？」

孫幗芳淡然的回答：「加重強制性交罪可處七年以上刑期，涉及刑事責任的妨害性自主追溯期為20年。」

何翊欣心裡默數著。

「所以過追溯期了？」她的表情有些許失落。

「我有和她媽媽連絡上，洪媽媽還住在以前的老家沒搬走，」何翊欣再喝了一口茶，「已經快七十歲了，一個人靠資源回收過活，最近有點失智。她說她孫子在當護理師，她女兒精神有點問題，也不知是真是假。洪敏卉現在住哪裡她講不出來，只告訴我她們很久沒見面了，她很想女兒和孫子。

「我問她洪敏卉原本嫁到哪裡？先生叫什麼名字？她只是搖頭，想了很久才說：『我忘了，好像姓辜……，古……，還是姓郭吧？』」

孫幗芳先把想問的問題擱著，不想打岔。

「洪敏卉高職三年級上學期被她的男友小P及幾個友人性侵。」何翊欣好像斟酌了許久才講出這句話，孫幗芳霎然聽到也感到一陣驚愕。

「那一天原本她還邀我一起去，幸好車子坐不下那麼多人，」何翊欣露出大難不死的神情，「否則恐怕我也逃不過那一劫。」

她停頓了一會，神色凝重的說：「她辦好休學手續才告訴我她要休學，同時說，她說……，她懷孕了。」

「啊！」孫幗芳聽到這裡，一手摀住嘴巴，心痛得啊了一聲。

「我還記得當下的她神情萎靡，我只是天真地以為是ＭＣ來不舒服。那時候我也有自己的生活圈要忙，唉，我這個朋友做得真差勁，竟然沒有對她表示過關懷。」何翊欣夾著自責的，沉重的嘆息聲說。

「我問她一連串問題：有幾個人幹的？為何不報警？為何不拿掉？為何要休學？為何……？」

「是呀，換作是我也會這麼問。」

「她只是一個勁兒的哭，斷斷續續說著：『另外三個記不起來了、我不想殺害無辜的小生命、我媽要把我嫁了……』」

這真是個寶貴的訊息，至少三個受害者之間的拼圖又多了一塊——這塊可能由受害者變成加害者的拼圖——真是得來不易。

八月二十四日　星期一

ꕤ ꕤ ꕤ

所以還會有第四名被害者？坐在會議室的每個人都面面相覷。

「可惜不知道他是誰？現在何方？會在本市嗎？我們最好早一步找到他。不過現在第一要務就是先找到洪敏卉的下落。」高子俊先開了口。

「我之前去戶政事務所調洪媽媽的戶籍資料，找到洪敏卉的身分證號、生日，再透過內政部資訊網找出洪敏卉完整的戶籍資料。」孫幗芳說，「我發現她隨著她先生的戶口二十幾年來一路從K市、B市、N市、再回到B市，最後落角G市。每個城市待的時間短則一兩年，長則五六年。」

她暫歇一會，讓大家消化完訊息才繼續說：「洪敏卉和她先生名下有兩個兒子，我已經派甄小分隊長去G市訪視了。」

「所以不確定她們目前是否還住在那裡囉？」高子俊有點自問自答。

「很多人到外地工作、租屋，也不會去變更戶籍資料啊！」王崧驊說得有點心虛，但至少理直氣壯。

「對了，洪媽媽說她的孫子在當護理師，不知是哪一個？或者兩個都是？」高子俊再次提問。

「現在的男護理師好像不多吧？」蔡伯諺脫口而出。

「男性護理師確實不多，約占2.7％，但也逐年攀升了，」孫幗芳拿出之前google過的資料反駁，「一百年起七年內就成長了三倍。」

「我們先假設洪敏卉她們四人或其中哪位有行兇的動機好了，況且她的小孩可能有取得藥品的管道。」

「好，我們先把嫌犯索定為洪敏卉一家四口，首要之道就是趕快找到她們，釐清是否她們犯的案。」

「回到動機來說，被害人之間的關係已知道了，據洪敏卉同學的說法，因為報復而行兇的可能性極高。只是時間上隔這麼久了，她們是如何找到被害人的？這些年來她們都沒想要找他們報復？」孫幗芳提出假設性，「我們姑且假設凶手是認識被害人的。」

「若三人都是被同一批凶手殺害的，我相信他（她）在殺了周偉業後就播下了復仇或謀殺的種子……，而現在還在茁壯生長著。」高子俊如此說。

蔡伯諺看著大家，說出不同看法：「女性會這麼心狠手辣嗎？我有點存疑！」

「別忘了，有很多女性殺人犯的案例在你我周遭發生，不勝枚舉啊。」王崧驊則不認同的說。

「凶手如何掌握被害者行蹤？做案時間？目前看不出週期性，隔兩周，再隔一個月，但似乎都是晚上做案。」高子俊抬起手，先打住凶手性別的討論。「工具呢？刀、藥劑、繩子、膠帶、汽油、車子？利用被害者的車子犯案倒是滿聰明的。」

「犯案手法迥異，殺害及棄屍時沒有目擊者，這些是巧合還是刻意選的地點？我很肯定是預謀犯案，何況被害者關聯性那麼清楚，凶手應該呼之欲出了。」感覺得出孫幗芳已有多成保握。

「我問過眾議苑的保全，」王崧驊舉手發言，「他說胡立青去世前幾天，有個看似男子卻是女性裝扮的人來找他，保全一無心就口無遮攔，告訴他胡立青的上班時段。可惜監視器超過保留期限了。」

大家此時感到有一線曙光出現，至少不會再坐困愁城，對案情一籌莫展了。

會議最後列出下列幾點可能的結論：

一、洪敏卉極可能由受害者變施虐者？

二、凶手可能是洪敏卉的先生？因為他要替老婆申冤？

三、洪敏卉的兒子有可能是共犯？

四、凶手可能是洪敏卉的兒子？因為洪敏卉的精神狀態不穩定，可能沒有行兇能力？

五、凶手是獨自行兇還是共同犯案？

六、目前監視器拍到的或目擊者看到的都是女性裝扮的人，凶手可能要掩人耳目而喬裝打扮？

郭世安是洪敏卉的先生，現在一個人在G市獨居，平日靠打零工維生，賺的微薄薪水有大半都奉獻給啤酒公司。他髮鬚已花白，有著一張被酒精摧殘得沒有生氣的臉，滿嘴酒氣從一口大黃牙對甄學恩噴出，不友善也無敵意。

「你看！」他掀起上衣，露出腹部一道明顯的疤痕給甄學恩看。

他們正坐在到處是空酒瓶、充滿酸臭腐敗氣味的狹小客廳裡。

「那小雜種，啊……，拍謝拍謝，我叫習慣了，一時改不過來。那混蛋刺了恁爸一刀就浪槓了，好家在恁爸我命潤。」郭世安除了滿口粗話，還講著一口台語，幸好甄學恩的台語還可應對自如。

「無採工阮把伊養那麼大，雖然不是親生的，阮也毋虧待伊啊！」

「誰不是你親生的？」

「嘿啊，就大漢仔，伊把伊那個神經病老母帶走就算了，連我細漢仔也拐走。」

「多久以前的事？」

「唔……，四五年有了吧。」他懶洋洋地說。

「你都沒找到他們？這段時間有沒有聯絡？」

「我嘛想欲找啊，但是伊哪袸心欲躲我，按怎找也找不到，你共著毋著？」

「你剛才提到神經病老母，是怎麼回事？」

「啊……，你有所不知啦，伊老母嫁給我的時袸就有身了，是我同情她才娶她的，」郭世安悻悻然，「後來就覺得伊有時痟痟，有時又正常。」

他壓低聲音說，宛若屋裡有第三者：「有時袸我都懷疑我細漢仔不是我親生的。」

老婆的「貞潔」問題看來是洪敏卉先生內心抹煞不掉的烙印。

甄學恩覺得從郭世安身上已問不出個所以然來。

「恁若找到伊，記得幫我帶句話，叫伊把我後生還給我，恁爸下半世人還要靠伊飼……。」

甄學恩臨走前他還不忘交代說。

ஃ ஃ ஃ

不知道洪敏卉的兒子任職於哪間私人或公家醫院診所，甄學恩只好從勞工局、國稅局資料庫著手，才查出她小兒子郭宥威申報薪資所得的單位也在F市的某家醫院。

至於洪敏卉及大兒子郭宥昌這幾年彷若人間蒸發一般，消聲匿跡，都查無資料。高子俊一度考慮是否要和打擊犯罪中心合作，跨縣市搜找洪敏卉母子的下落。

雖然多數人都認為白衣天使不太可能是殺人犯，但高子俊仍認為要將郭宥威列為嫌疑犯，他先透過認識的醫院祕書私下去人事室查郭宥威的基本資料，只能冀望他登記的地址這幾年都沒有變動。

29

八月二十六日　星期三

甄學恩拿了搜索票，會同當地員警及里長到郭宥威租在離市區較偏遠的住處搜查相關證物。郭宥威租的是一間老舊公寓的房子，公寓有五層樓高，沒有電梯，每一層有兩戶人家。房東帶大家爬到三樓，拿出鑰匙開啟右側那一戶。

他邊開鎖邊問說：「他怎麼了嗎？他跟我說啊，平日住在醫護人員宿舍比較方便，有放假才偶爾回來住。」

所有的房東都最怕租屋變成凶宅了，沒人會租又賣不掉。

她說當初簽房租契約的是郭宥威，她也不便過問有誰會同住，幾年來他都按時繳交房租。

「啊，怎麼這麼亂？」房東打開門後驚叫一聲，不相信她的房子變成這副德性，就怕擔心的事發生。

甄學恩請房東和里長在門外等候，讓鑑識小組的廖晉文先進入蒐證。

每戶約二十來坪大的房子，有兩房一衛一廳一廚。令房東驚叫的小客廳堆滿了雜物、空瓶罐，舊報紙和影印紙張散落一地，變得更加狹仄。雖然牆上的油漆有多處剝落，至少沒有甄學恩常見的兇殺或自殺現場散發出來的惡臭。

三個案子的剪報及從網路影印下來的紙張上面被畫得密密麻麻的，周偉業和彭皓軒步出法院及地檢署的頭像照片被筆圈起來，胡立青的剪報就顯得微乎其微了。

一張舊床上面擺著一床有點霉味的床單，旁邊的床頭櫃上除了一個檯燈外沒有任何物品，老舊的、沒插插頭的電風扇孤伶伶的站在一角，衣櫥裡沒幾件衣物，一床冬季的厚棉被擺在角落。積了一層灰塵的窗簾顯然把這間久沒住人的次臥塵封住了——簡陋、空蕩、沒有一絲人氣。

主臥不過五坪多，比起次臥凌亂多了。

沒折的床單就隨意攤在枕頭上，好似有人剛睡醒，掀開就下床一般。梳妝台上面沒有過多的乳液、保養品之類的瓶瓶罐罐，衣櫥裡頭掛在衣架上的衣物不多，有一只行李箱裝著幾套衣褲和盥洗用具，彷彿主人隨時就要出遠門。

沒有繩索、膠帶、刀子、注射器、藥物等做案工具，只有一頂假髮。

沒有朋友、興趣、嗜好、寵物等可瞭解他下一步會怎麼走的情資。

廖晉文採集完兩間房間及剪報上面的指紋、頭髮後，再到廚房及浴室蒐證，他準備了光敏靈[15]及光源儀要試探血跡反應。

廚房的洗手槽沒有堆置油污的碗盤，垃圾桶只有一些剪報的廢殘屑、揉皺成一團的空塑膠袋和幾個吃完泡麵的保麗龍碗，刀架上則有一把水果刀和菜刀，廖晉文將它們放入證物袋內。

他戴上黃色鏡片的護目鏡，將波頻調整在四百至四百三十奈米範圍。光源儀可調整紫色、藍色、白色、藍綠色各種不同波寬，搭配紅藍綠色濾鏡，可找出體液、血跡、指紋、纖維、殘留藥物等微物證據。

浴室被清理過了，但還是有兩組腳印依稀可見，在高亮度的紫光照射下，出現幾處螢光綠色的斑點。

甄學恩在主臥室的梳妝台抽屜找到一本寫滿字的記事本，從泛黃的紙張看來已年代久遠了，它不像一般的日記本有寫上日期，所以不知道是從何時開始記錄的，想來只是隨手記著某些事的本子。字跡從扭曲凌亂到筆觸透力都有，有些墨漬已經暈開，但看得出是同一個人的筆跡。

他用戴著乳膠手套的手翻閱起來。

ɞ ɞ ɞ

[15] Luminol，或稱魯米諾、發光胺，是通用的發光化學試劑，犯罪現場的微量血跡即使清洗或擦拭過，血中的鐵仍會激發光敏靈的發光反應，產生藍色光芒。

年　月　日

從我有記憶以來，「小雜種」就被他呼來喚去的。老爸喝完酒就會發酒瘋，招呼到我身上的有水管、籐條、衣架，看他隨手拿到什麼而定。香菸頭燙的傷結了痂，過不了多久又有新傷疤。種種惡形惡狀可是罄竹難書，我只怕不能躲他躲得遠遠的，只怕學不會披上一層保護色。

我不知道別人家的父親是不是也這樣，別人的媽是不是也毫無能力保護自己的小孩？

年　月　日

小時候很怕夏天穿短褲短袖。老師發現我身上的瘀青、傷疤，到家裡做家庭訪問，他才稍微收斂。一到了秋冬季節，他更變本加厲了，彷彿夏天欠的要連本加利討回。

我總是咬著牙，不會哭出聲或求饒。有幾次告訴媽，只是兩人抱頭痛哭的畫面一再重播而已。

說我是在鞭子與三字經底下的產物一點也不為過。

年　月　日

他們說我是瘋子的小孩。才不是咧，你媽才是神經病！

從小我就是被同學嘲笑和排斥的對象，他們炫耀電動、漫畫書時，我只能在一旁乾瞪眼，他們都不借我玩，不讓我看。

有一次我偷了陳立傑的漫畫（是的，我還記得他的名字，很奇怪？），老師要全班互相搜查書包和抽屜，其實我早就用塑膠袋把它包得好好的，藏在男生廁所的馬桶箱裡。過了幾天我再拿出來，幸好還在。

但我沒看，只是走到河堤，把漫畫撕得碎碎的，往一旁的小溪一撒。看那本漫畫變成一隻隻飛舞的蝴蝶，飛啊飛的！

年　月　日

小六時我就覺得我媽的精神狀態有點異樣，時而恍惚失神，時而清醒如常人。我爸罵她時她無動於衷，彷若事不關己。打她時她忍氣吞聲，感覺就是唾面自乾那種心態。

還是說我太敏感了，我說不上來。

幸好小我一歲的弟弟會逗她玩，跟她撒嬌，才會浮現難得的笑容。這一點我就是做不到，而且我覺得我爸很偏心，他幾乎沒打罵過我弟，我卻幾乎照三餐被打。

年　月　日

被同學霸凌說，我活著就是在浪費空氣、糟蹋糧食，我真想往他臉上揍上一拳。

你們霸凌別人時，可曾想過被霸凌者的感受？

今天生物老師上到北美負鼠[16]的課。她說母負鼠一次可生到20胎，但牠只有13個乳頭，瘦小羸弱的幼鼠搶不到乳頭就吸不到奶，就等著餓死。

我不希望我是其中某隻搶不到奶而餓死的幼鼠。

我可不想當個廢物！

年　月　日

我國三時進入叛逆期（別人眼中一定是覺得我從小就很叛逆），但不是針對老師或同學叛逆，而是我開始會抵擋招呼到我身上的藤條。

我爸從小打我打到現在，他也覺得有點力不從心了。

我小六時就悟知我非得練壯才能保護我媽、保護自己，國一起就開始狂練田徑和踢足球，即使長得比一般同齡的孩子矮，還不至於像國小時被言語霸凌——雖然我還是會被孤立，且個性寡言畏縮。

他有幾次想打我都被我推開，要不就是被我把藤條搶過來，反正他也追不上我。

「媽的！你這小雜種，翅膀硬了是不是？」我看他追得氣喘吁吁的，一股暢意就湧了上來。

16 opossum，又稱維吉尼亞負鼠didelphis virginiana，棲息在北美洲格蘭德河以北唯一的有袋類動物，是獨行及夜間活動的動物，約有家貓的大小。面對危害時會裝死或極度的反抗，包括哮叫及張牙舞爪。

「你又不是我親生的，虧老子還白養你這麼多年。」他邊跑邊喘息，罵著說。

他打不到我就打我媽出氣，她還是一樣逆來順受，像個小媳婦受他家暴，這點我始終不明白。

年　月　日

他酒後說過好幾次我不是他親生的，那麼我生父是誰？

從小就聽他罵我小雜種，聽多了我也不禁懷疑起來。有幾次我一問起我媽，她總是搖晃著頭，喃喃自語：「我也不知道，你說是誰呢？」

我和小弟的感情不錯，他也正值青春期了，幸好他不像我那麼叛逆。

在校成績我總是吊車尾，但立志不能當個低階廢物，因此打算去F市一間免試入學的二專念醫事檢驗科，畢業後工作比較好找又穩定。我會半工半讀，寒暑假就打兩份工，能脫離他的魔掌是最大的夢想。

我知道這樣還不能救我媽與弟脫離那哇爛泥沼，而且累一定是會的。

要相信有付出就有收穫，Hard work will pay off！

年　月　日

今天弟對我說：哥，媽的樣子越來越嚴重了，她會對著空氣抓東西，發出嘶啞的呼吸聲，我會害怕。

真是難為他了。

媽的形容變得有點槁木死灰，我帶她去看診，醫師診斷出她罹患「轉化型歇斯底里精神官能症」。

醫師說我媽可能曾遭遇過心理重大創傷，或長期生活在壓力下產生情感的鬱積無法發洩，認為是自己的道德或教養所不容許的。她的精神與意識處在一種逃避或轉變狀態，而轉化成肉體方面的症狀來表現。

原來我從小看她會呼吸窘迫、喉嚨似乎有窄縮感、總是想要伸手揮走或抓住什麼東西是有原因的。

我問她：妳在幹嘛？

她說：你沒看到這裡有很多蒼蠅嗎？

媽，妳以前到底遭遇過什麼境遇卻隱忍不言？是因為爸對妳家暴虐待，還是另有隱情？妳可以告訴我嗎？

年　月　日

我希望我有能力讓她就近到我實習的醫院住院接受治療，但弟怎麼辦？我可以同時照顧兩個人嗎？

我只能先塞點錢給弟，要他記得帶媽定期回診、按時服藥，等我正式錄取再想辦法。

唉，只能先這樣了。

年　月　日

是的，我很笨，真的很笨又很遲鈍。

我不懂女孩子的心思，不知道怎麼討她的歡心，看來愛情這學分是死當了。

好羨慕別人身材好，顏值高，含金湯匙、銀湯匙出生，真好。

年　月　日

#討厭自己沒辦法像正常人一樣控制自己

#討厭自己需要人陪伴，需要依賴

#討厭自己無法排解情緒

#討厭自己無法受控的無理取鬧

最近總是情緒說來就來，我沒有要自怨自艾，只是想抒發快潰堤的情緒。

好想找個人說說話……

年　月　日

我開始正式在醫事檢驗所上班了，我覺得眼前的陽光是燦爛的。

可是老天還是要跟我開玩笑。

那天我回家看我媽，弟跟我哭訴——爸想要猥褻他，幸好沒有得逞。

我整個人幾近要抓狂。

「媽，妳知道那個男……，爸要性侵弟嗎？」我忿忿地問她。

媽只是搖頭不語，很難判斷她不知道還是拒絕知道。

「他……，不會吧，他是爸爸耶？」說得很沒有說服力。

我沉不住氣了，氣急敗壞的跑到廚房隨手抄了一把刀去找他理論。

「我沒有……，我喝醉了……，我只是把他看成你媽，不是……，」他說得心虛又吞吞吐吐的，我心裡就有數了。

「你這畜生！」我往他肚子捅了一刀，瞬時血流如注，我也嚇呆了。

他唉唉叫的自己跑去醫院求診，我顧不了他的死活，連夜就把我媽及弟弟帶到我的住處，接下來要怎麼辦再另作打算了。

年　月　日

我媽難得神智清醒時跟我說，雖然我半信半疑。

——那天我看到那畜生要染指弟弟，我的心好痛好痛。

她目睹了一切，卻沒有挺身抵抗的能力。

——我躡手躡腳將門關上，獨自坐在客廳一隅啜泣，等待寬恕，等待救贖。

她刻意選擇不去聽不去看嗎？一股沉重的壓力壓得我快沒有喘息的空間。

年　月　日

那時已經懷你三個多月了。我媽，就你外婆啦，覺得未婚懷孕的女兒會丟她的面子，透過媒人介紹K市一個喪偶沒多久，又沒小孩的三十多歲鰥夫，草草率率就把我嫁了。他嘴上說無所謂，說會把你當親生的撫養。

我幾歲喔？我記得是19歲吧？

我不知道那是強暴脅迫，又不敢去驗傷，不知道要如何舉證，也不敢告訴家人。加上MC向來不規律，有時一兩個月才來，有時量多有時很少量。

我開始逃避上學，害怕別人異樣的眼光。那個陰影一直籠罩著我，直到現在我還時常做那個噩夢，可是夢裡的細節我卻想不起來。

都怪我太沒有警覺性，懷孕了、休學了、嫁人了——

媽今天看起來顯得很正常，突然跟我講多年來沉澱在我心中的疑惑。

所以我的生父不明？我是強暴犯的兒子？？？

我不敢再逼問她細節，這就夠了。

年　月　日

我常常懷疑我是不是有社會邊緣人格、多重人格，還是什麼解離性人格那些莫名其妙的人格。

尤其是在知道我媽的事情以及我真的不是我爸的親生兒子以後。

我記得小時候我有嚴重口吃，到現在一緊張還會結巴。

七歲前是羞辱，十幾歲是詛咒，現在則已認命。

我的人生就是一個薛西弗斯的宿命吧？

她今天清醒多了，把養父加諸在她身上的家暴凌虐、懷疑她外遇、懷疑弟也不是他親生的這些事說給我聽。

我聽得驚心動魄，像有把刀子扎在心上，再想到多年來她承受的苦痛、日漸消瘦的身軀，一陣酸楚竄過，眼淚幾欲滴下。

一個決定頓時生起，盤踞在心頭再也揮之不去，我立願一定要把這個家建造成一個避風港。

30

記事本至此似乎中斷了，接續寫的明顯是另一種筆跡，甄學恩認為是郭宥威寫的。

我看了哥的記事本，原來他不是爸親生的，難怪爸從小就把他當出氣筒，原來媽受了那麼多委屈，原來……

年　月　日

我永遠記得那年，我爸企圖要猥褻我，幸好沒有得逞。

媽說她沒有挺身抵抗保護我，其實她自己都不知道她有多勇敢。

爸只要喝得爛醉如泥就會發酒瘋，從小我就曉得要躲得遠遠的。

那天他措不及防從我背後抱住，叫著我媽的名字，粗魯的咒罵著，從嘴裡呼出的酒味薰得我很難受。我死命的掙扎，說我是宥威啦，你搞錯了……。

媽不知何時衝過來，咬了他一口，使盡全力把他推開，對他又踢又打，又哭又叫。爸最後吼了一聲「神經病」就悻悻然離開。

我告訴我哥時已經嚇壞了，但媽可能以為沒保護到我，後來病情就更加重了。

我一定要學著如何保護自己，也保護我媽。——儘管那時我還沒有什麼能力。

年　月　日

學校今天校慶，我們系上決定扮演女醫師與男護士的日常。

大家一致認為有反差會更具戲劇效果。

我反串女醫師，幾名女同學則扮演男護士及病患。

我還蠻享受化女妝和穿短裙的，再罩上醫師袍，感覺就出來了。

但，這樣正常嗎？

年　月　日

老天可真會捉弄人！

他才22歲，人生正要起飛啊。

他剛在一家醫事檢驗所上班不久，車禍發生當下我在學校，警察直接到家裡通知我媽——哥被車撞了。

從此她的病情變得更加惡化，開始把我當成是我哥。

哥去世後我們頓時失去人生意義，但為了我媽，我必須堅強苟活著。

甄學恩看到這裡嚇出一身冷汗，怪自己怎麼會忘了再去查戶籍資料呢，否則可得知一年多前郭宥昌已被註記為「歿」了。

年　月　日

以下是她今天看了電視新聞報導後對我說的，我不知真實性有幾分。媽時而語塞，時而重複講過的內容，有時忘了講到哪裡，有時邊說邊掉淚。我儘量忠實的、不遺漏的記下來。

每個人都會做夢，但我的夢裡頭盡是絕望，盡是遍體麟傷。

我和周煒立是同一所第二志願的高職三年級生，他總是對他那些哥兒們宣稱我是他的女友，我雖然不是很篤定，也不多事的去反駁，要跟誰去嚷嚷這種事呢？

他對我雖然不是很善解人意，至少噓寒問暖從沒少過，只是我還摸不清他的脾性，對我而言，我是給他及格分數的。

正式交往這一個月來，我發現他的控制欲很強，我在做什麼，想做什麼，美其名他都會表達關心之意，剛開始只是覺得有個人可以依戀、聊心事、會關心我也不錯，只是久而久之就覺得他管太多了。

那天他說他們在外縣市念書的兄弟回來了，要聚聚，順便介紹給他們認識。我本想找一個好友作伴，但他說車子坐不下了，我也不疑有他。

在城裡唸大家仰慕的高中的阿泰一路上話不多，長相滿斯文的，感覺他有點木訥，或許正面臨大學聯考的壓力吧？

唸軍校的狐狸精侃侃而談，滔滔不絕講著學校的趣聞、把馬子的經驗，看得出是他們四人中過得最多采多姿的。

大頭軒開著車，狡獪的眼神不時透過後視鏡瞄向坐在左後座的我，周煒立毫無醋意，不知是未察覺還是裝作糊塗？

「你們的綽號是怎麼來的？」我好奇問。

「國中的同學都稱我們是四人幫，文青點的說法就是摯友，」大頭軒帶頭回答，「上下課都黏在一起，連上廁所也一起行動。小P當時就是個小屁孩，動不動就把『屁啦！』『屁啦！』掛在嘴上，小P就這樣被叫到現在。我們不打不相識，就『在一起』了。」說完還故意向小P作撒嬌狀。

「他有跟我說過。」我插嘴。

「狐狸精就不用多解釋啦，誰聽到他名字都會聯想到狐狸精，他一直怪他阿公給他取這名字，對不對啊？」

「挖靠！本來很文青的名字，被你們亂叫就叫成這樣，我也要爆料。妳知道他為什麼叫大頭軒嗎？」狐狸精問我，我搖搖頭，望向小P。

小P說：「妳看他的頭是不是比我們都大？其實啊，」小P眼神曖昧又忍俊不禁，久久才冒出「是他下面的頭很大啦！」其他三人笑得人仰馬翻，我是既尷尬又懷疑。

「別不信喔！」他又補了一句。

「那你呢？」我主動問阿泰。

狐狸精搶著說：「他呀？我們都叫阿泰。本來叫他小姨太，他嫌太娘，就直接叫阿泰了。平時不愛搭理人，悶鍋一個，但功課可是班上前三名的，也不知道怎會和我們幾個後段班的攪和在一起。說是物以類聚嘛又不是，他其實是悶騷、扮豬吃老虎，你們說對不對？」

我依稀記得大頭軒拿出大麻要我們抽，我好像抽了一口，嗆得眼淚都流出來了。他們其中有三個似乎都不是第一次抽。

後來他還拿出幾顆藥丸給大家服用，大概是快樂丸還是搖頭丸之類的吧？大頭軒說這可是好東西，可以助興解嗨，但我堅持不吃。

接下來發生的事我是不記得了？還是我選擇忘記呢？可又怎麼忘得了？不然為何午夜夢迴時，可怕的夢魘一直纏著我不放，心裡頭總是在翻江倒海？

我覺得我很髒，充滿了羞恥感和負罪感。

我站在一個廣場上跳舞，周邊就是小P他們四個人在圍觀。音樂很大聲，我跳得越起勁，他們叫得越嗨，酒越喝越助興。

在他們的鼓譟下，我慢慢脫掉衣服，最後脫到一絲不掛。

我旋轉、搖擺、飄飄欲仙。

他們也下場一起跳，撫慰我每一吋肌膚。我心跳加速，緊閉雙眼仰躺著，弓起腹部。他們一個接著一個鑽入我的私密處，我驚惶不已又惴惴不安，身體不停地抽搐，怎樣都無法擺脫他們。

最近報章媒體都在大幅報導玄元無罡神教宗主被告的事。

我一看到照片就很確定他就是小P，周煒立，對，化成灰我都認得出來。

他何時去搞那個什麼宗教的？還被人控告性侵？報導說他惹上性侵官司，一想到這，24年前的往事又一一浮現了。

我沉痛得老毛病又犯了，我總是感到呼吸不到空氣，心頭一陣陣窘迫。眼前有一隻兩隻、……四隻蒼蠅在盤旋，我伸出手想要把牠們揮走，卻怎麼也揮之不去。我感到頭痛焦慮如影隨形，每天總是倦怠和失眠，人生好像被剮奪得只賸下行屍走肉般的軀殼，我整日都恓恓惶惶的。

宥昌啊！那個人我認得，他……，就是他沒錯！跟你說哦……，他就是你爸爸！

有時候我媽就是會歇斯底里的講些我聽不出所以其然的話。自從帶她回家後，我以為她病情又發作了，沒想到那時她的眼神一片清澈。

哥被一個酒駕開賓士車闖紅燈的撞死後，媽的病情變得好嚴重。

警方說哥在綠燈起步時也要注意側向來車，兩肇都有責任，最後以兩百萬元和解（等我事情了了再來找你，你砍我們一隻胳臂，我就斷你一隻腳，這是天公地道的事，別以為撞死人賠錢就可高枕無憂）。

我要上課，分身乏術，實在是需要一筆錢把她暫時送去精神療養院治療。我打算等她病情好轉才帶回家，而她把我當成我哥，我也不想糾正她，反正也沒用。

媽，玄元無罡神教宗主怎麼會是哥的親生父親？妳是不是搞錯了？

年　月　日

我的心中已有了概略的藍圖，就先從偷藏藥物開始，我需要把我媽再送去療養院才沒有後顧之憂。

感覺復仇的辛巴[17]正蠢蠢欲動，已在命運的湍流裡翻了好幾轉。

[17] Simba，迪士尼《獅子王》中流亡的幼獅，回榮耀石奪回應有王位的主角。

31

八月二十七日　星期四

孫幗芳特地到Ｔ大心理系請教張育群教授。他雖然鶴髮童顏，但聲如洪鐘，戴著細框金邊眼鏡，一年到頭總是褲裝搭配各種吊帶，外表看起來就頗有學者風範，如果再咬著煙斗就更像了。

他上過幾次電視專訪和政論節目，闡述精闢又妙語如珠，加上有渲染力的笑聲，儼然已是精神病學第一把交椅。

「母親及哥哥的夢魘都化成他的心靈夢魘，」張教授聽完孫幗芳對郭宥威的描述後說，「要策劃與執行這三起命案，以一個二十多歲的年輕人而言，我無法想像他是承受多少折難才化為行動，又這麼……，怎麼說呢……？**Perfect**。」

他沒有試圖美化凶手的意思，但也不啻打了自己一巴掌。

「他應該有利用職務之便偷藏鎮定藥劑，每次幾小ｃｃ積少成多吧。」孫幗芳以與其是疑問句不如說是肯定句的語氣說。

「他殺的是二十幾年前強暴他母親的人，據我所知，在實際社會好像找不出這種案例。以犯罪心理學、精神科學來說，都難定義他是哪一種性格。」

張教授直言不諱的說，臉上的表情全然不像在開玩笑。

「他的性格是兇殘的嗎？想要保護母親而引發暴力或報復行為是正常的嗎？」孫幗芳換個問法。

「也許在他內心深處還不知道自己是什麼樣的人，自己最親的哥哥又被酒駕者撞死，那種悲慟逾恆……，妳懂我的意思嗎？」

孫幗芳點了點頭。

「他的哥哥在記事本上說，自己覺得有多重人格。也許自小受到父親的家暴和同儕霸凌，造成心理或身體的創傷吧。但他對女性衣物感到興趣就不得而知了？我們剛開始也認為他哥哥殺人的可能性較高。」

「多重人格的人通常不會有詳盡的策劃能力。」張教授肯定的說，「至於『異裝癖』從心理學的角度來說，主要有三點，

一、家庭環境的影響。他可能不是父母期待生下來的，進而影響對自身性別辨識不明。

二、對兩性關係有懼怕心理，異性裝扮可解除他潛意識中的憂慮情緒。

三、從小父親扮演嚴厲角色，他就將女性的特徵神聖化，繼而養成異性化特質。」

孫幗芳聽得有點戚戚焉，覺得世上無奇不有，凡事皆有可能。

「妳也說他做案的手法其實很粗糙，膠帶綁得不牢靠；刀傷是任意劃的；上吊的繩子尾端隨意綁在一頭；燒車子則更簡單了。就跟暴力一樣——妳不喜歡，但妳看到了——有人看了就學會了。」張教授推了推鼻樑上的眼鏡，眼鏡後方的雙眼沉著，「或許他骨子裡這類型的性格就這樣成形了，網路上各種犯罪手法夠他取之不竭的了。」

「別忘了，他父親曾企圖侵犯他。」

「所以……？」

「所以有可能產生『偏執狂』——在經歷某種創傷的感情經驗後，開始產生被壓迫的感覺或錯覺，造成反社會、憤世嫉俗的性格嗎？」

他是否也陷入自己佈下的迷局中呢？孫幗芳內心其實是這麼想的。

「我們都知道一般的犯罪都有理由，也可說是『動機』，這樣就可闡明犯罪的脈絡經過。但妳說的有反社會人格的人犯罪卻沒有理由。」

「難怪經醫師診斷患有『思覺失調症』的人犯罪就可被法官判定為沒有行為辨識能力——因為他們不知道犯罪當下有何理由。唉！」

張教授安慰孫幗芳說：「每個人心中或多或少有犯罪的種子，所以想要知道自己與犯罪者有何差異？界線究竟在哪裡？」

他站起來走到書架，抽了幾本書出來，隨手翻了其中的一本，視線定格在某一頁上。

「我們總是替犯罪者尋找理由、探究其精神狀態、試圖找出他們的社會結構，去理解他、剖析他、從中導出預防犯罪的理論與方法。」

「可怕的是，很多犯罪者總是超過我們框定的界線。」他的口氣不帶質疑，「像北捷那種無差別殺人犯就是越界了，或者說沒有界線。他多半是得不到想要的愛而仇恨不被接受的社會，形成自私而錯誤的仇恨，造成他的性格是扭曲且任性的。」

「也是，但我見過幾個黑道大哥，雖然罪大惡極，也還會愛自己的家人。」孫幗芳把話題拉回來：「你會把他定義成連續殺人犯嗎？」

「他是連續殺了三個人——我是說『可能』喔——但不符合典型連續殺人犯的模式。連續殺人行為是指特定的做案模式，如一連串相同殺人專有的手法、專屬的記號、專用的特徵，這些他都沒有。」

「台灣有沒有連續殺人犯？」

「一九八一至一九八六年間就有一個令人聞之喪膽的殺人狂吳新華，為了搶劫而搶車殺人、奪槍殺警，14條人命無辜犧牲。」張教授停頓一會，「但我認為他只是殺上癮。」

「那麼，和被害者性別、年齡、教育、職業、前科有直接關係嗎？」

「這些都不是殺人犯的首要考量。也就是說，不分性別、年齡以及教育程度、職業，沒有所謂『典型的』連續殺人犯。

「連續殺人犯會不斷的重複溫習同一個幻想，並付諸行動，若無法完全得到他所追求的，就必須繼續殺人，直到從被害者的恐懼聲中得到滿足。」

解開迷津的種子一旦萌芽後，就會開始茁壯，再也不會毫無脈絡可循。

「難怪有人說，從人人憐憫的受害者變成復仇者，天使與魔鬼總在一念之間。」

「沒錯，有時候為了狩獵惡魔，自己也變成惡魔。」

「你是引用尼采說的『當你凝視深淵時，深淵也在凝視你』嗎？」

「是啊，三個被害者的人生就像一部沒有寫完的小說，戛然結束在一個問號、一串點點點的標點符號上。」

此時孫幗芳心中浮起一個念頭：難道他不想要知道誰是他哥哥的生父嗎？

32

八月二十八日　星期五

同事告訴我，護理長常在我背後說我娘娘腔，shit，我才要問候妳媽咧，妳這八婆。她要女護理師留長髮再盤個髻包起來，說這樣和空姐比起來就毫不遜色，真不曉得她存的是什麼心態？我留個中性髮型她也要唸？

說我動作大而化之，對病人粗手粗腳？哼，我可是心細如髮好嗎。從小家裡就有個精神病患，我對他們有一種同理心，可是把他們照顧得無微不至的。

她對下屬才是頤指氣使、百般挑剔好嗎！不但在護理工作日誌裡雞蛋挑骨頭，超時不能報加班，要請休假又嘰嘰歪歪的，總是用人手不夠、要共體時艱當藉口不蓋假單，動不動就用醫院評鑑來壓我們。

有一次一個學姊因小兒子生病，有點魂不守舍，不小心把一個病人的鎮定劑打到另一個病人身上，讓病人整天病懨懨的。她是有錯在先沒錯，但卻在大庭廣眾下對她絲毫不留情面的破口大罵。

看著學姊掩面大哭，我也感到一陣心寒。

我推著護理工作車，腦中隨時有一套盤算，沙盤推演在心裡演練了不下十幾次。

15B病房昨晚住進來一個女大學生邱惠津，因為感情問題搞到割腕不成又嚷著要跳樓，家人受不了了才強制送來就醫。最近因熱門的「思覺失調症」送進來的反而不多，思覺失調患者比較會自我封閉，妄想或幻覺出現時，家屬反而不會太在意。

看到邱惠津的案例，我就想到我媽的遭遇。

來實習的學妹正在走道上聚精會神的在聽學姊講藥品的SOP，要如何「三讀五對[18]」。我則為責任區的病人準備藥品，看著她苗條的身形及露在護士服下纖細的小腿竟分了神。

精神科病患有些會喃喃自語、無端的發笑、輕聲低泣或大聲咆哮，急性病房的病患有時犯起病來六親不認，甚至會打人、亂拔點滴，對醫護人員濫罵更是家常便飯，需要孔武有力的護理師來照顧——我們這病房區的女護理師和她的身材比起來高下立判。

幾年前有一部法國電影《血護士》（Nurse 3D），是講純潔的白衣天使懲罰不軌男性的故事。有著冶豔外貌的護士，晚上以她制服底下的曼妙胴體引誘偷腥出軌男士，再將他虐殺的無腦片。此刻聯想到的就是女主角的美白小腿。

18 在發放藥物給病患時，為避免給藥錯誤，執行的程序。三讀是指在拿藥、給藥、歸藥時，都要讀出藥品完整名稱，五對是指藥要給或施打病人時，需確認病人資料、藥物內容、服藥時間、藥物劑量、給藥途徑。

今天三點的藥品交換車[19]慢了快半小時才來。藥局把責任推給資訊室，說資訊室電腦當機，調配單、小藥卡都印不出來，看來勢必加快手腳不行了。

ஃ ஃ ஃ

行動由孫幗芳指揮帶隊，為避免造成病人及家屬恐慌，只部署幾個便衣及制服員警在醫院一樓幾個重要出口埋伏，包括從地下室到路面的兩個出口。她決定大家都不要攜槍進入醫院，為了怕打草驚蛇，打算來個出其不意，因此只預先照會醫院機要祕書。

當高子俊宣布郭宥威可能就是讓大家焦頭爛額、三個案子的凶手時，整個會議室頓時一片譁然。

孫幗芳從機要祕書那裡拿到郭宥威的資料及上班時段，並將郭宥威的照片事先發給大家辨認用。光看照片要在諸多穿著相同制服的護理人員中找出郭宥威，辨識度頗低，因此她請祕書陪同到病房找護理長指認郭宥威。

在孫幗芳心裡總覺得一個白衣天使以救人為職志，應該不至於如此殘酷殺人，初步計畫是希望能「請」他到案說明，迫不得已才會動用武力。

[19] 藥局依住院病人每日所需用的藥品調配成一日量，置於藥車上各病人之藥盒內，定時送到病房給予病人服用。

王崧驊和她先直達12樓精神病房準備襲擊逮人，甄學恩則帶蔡伯諺和小葉在一樓幾個出口standby，若在12樓沒逮到人，他們可以互相支援，包抄抓人。

他們事先擬定幾個行動方案：

行動一、請護理長直接找郭宥威到護理長室，來個甕中捉鱉——萬一被識破，護理長會不會淪為人質？

行動二、將郭宥威困在病房內，圍捕逮人，但必需趁其不備——千鈞一髮之際不容有何差池，否則病房空間狹小，難保病人不會在他脅迫下而受到波及？

行動三、趁他準備病人藥品衛材鬆懈時一舉攻克，應該可行——只是如果他兇性大發，會不會傷及無辜？

結論是——見機行事。

我從護理工作車上的電腦螢幕映射看到她和護理長故作惺態的往這裡走來，我心中的警鈴響起。

護理長手指著我，臉上盡是掛不住的驚慌神色。

我順手撈起一支已被備好藥劑的針筒，轉身滑進團體治療室。

另一位實習的學妹正盯著15B的邱惠津在專注的摺紙，我二話不說，一個旋步繞到她背後，將她的左手往背後一扳，拿著針筒的右手離她的頸部保持三公分距離。

「對不起了，學妹。」我在她耳邊低語。

選擇學妹還是邱惠津只是轉瞬之間，但走錯一步棋就可能全盤皆輸了。

我從邱惠津的瞳孔瞥見學妹驚惶失色又不敢輕舉妄動的模樣，但我視若無睹，轉頭看著衝進來的她。

他笑了。笑裡融合了驚訝、疑惑和滿足，那是遇到預期之外的人慣有的反應。

我正逐步逼近——計劃總是不及變化。

他手上有個穿護士服的人質，被一支針筒抵著脖子——想一想，下一步要怎麼辦？趕快！

我不動。

他也沒動。

我們就這樣對峙著，僵持在當下的十幾秒彷彿一世紀之久，無視一旁已驚慌失措的病患、護理人員、職能治療師等一干人。

王崧驊也進來了。

這時候一個女病人看見他，就抓狂的纏抱著他不放，嘴裡嘰哩呱啦不知在講什麼。縱使他是個大塊頭，此時也無用武之力，不得已之下他大手一撥，把病人輕輕推向一邊，還罵了一句「god damn it」，但病人順勢倒向他腳邊，反而成了絆腳石。

郭宥威趁那陣慌亂，推押著人質往門口疾走。

眼看郭宥威就要從眼皮子底下逃走了，我也大步一跨，跨過還纏著王崧驊的病人，亦步亦趨的跟著他們。

「走開！」郭宥威從治療室出去後，右轉個彎，大聲喊著。

整個精神科病房區瞬時亂成一團，醫護人員有的紛紛走避，唯恐被無妄之災波及。有的還不知情，好奇地想知道發生何事，圍攏過來湊熱鬧。幾個正在自由活動的病人被那陣騷動驚擾得大叫大哭，抱著頭蹲在牆邊顫動著。

有一台工作車上的醫療物品被郭宥威推倒在地，我和他們的距離也逐漸被拉開。他半拖半拉著驚恐萬分的人質，走出病房區管制門，旋即往樓梯間走去。

厚重的防火門被推開，他左手往人質背上一推，轉身就往下層樓奔去。

防火門發出「哐啷」一聲巨響，驚魂未定的人質則踉蹌的往前撲倒在地。

沒多久我也旋即趕到。

我不敢貿然把門推開，怕他躲在門後遭到他的暗算，因此遲疑了三秒才依著門邊慢慢推開，但一推開就聽到沉重的腳步聲在樓梯間迴盪。

我從震驚狀態恢復過來，但氣惱的情緒仍在全身上下竄流，剛才那一幕令我現在還心臟狂跳，血液在太陽穴搏動著，整個腎上腺素飆升。

我伸手往口袋一摸，還擺著更衣室儲櫃的鑰匙。

儲櫃裡面有個隨時準備好的包包，放著便服、帽子、口罩，可方便換裝。

現在是回不去了，幸好中午拿了有提款卡功能的信用卡去樓下便利商店買了咖啡，還隨身和識別證放在一起。

沒料到這一天來得這麼快，養兵千日用在一朝，卻被那女的給打亂了。

我往下跑了四個樓層，推開八樓的防火門進入８Ｃ骨科病房。這區多數是行動不便或拄拐杖的病人，也是最好的掩護區，但我估算那女警不會這這麼快就趕到。我繞過護理站，遇到一個學長，我故作輕鬆鎮定，笑著和他揮手。

走過一個迴廊，我再從８Ａ泌尿科離護理站最遠病房旁邊的樓梯間下去。

在6樓我遇到一位穿著病人服的女病人正坐在階梯上和人親嘴，我為打斷他們的好事說了聲抱歉，大步跨過，往下疾衝。

雖然醫院到處是攝影機，但我還是選擇從三樓的內科加護病房刷員工識別證進去，從容的走到通往地下室太平間的專用電梯，準備從一樓離開。

到了一樓，要往醫學院方向還是往東興路或東隆路方向再視突發狀況臨機應變。或許先到地下室騎車離開，但難保不會有警察埋伏在車道出口。

❦ ❦ ❦

醫院出入口太多了！

原本只是要請郭宥威到隊上說明，釐清涉案程度，沒想到他作賊心虛，竟然反應如此激烈，演變成此等局面。他有可能躲在任何一個房間、可能從任何一個出口逃脫、可能又挾持人質、可能……，有太多可能性了。

真懊惱沒預先佈署多點人力，現在只能期待守在一樓的甄學恩他們能有好運氣。

我也安排了阿丹在醫院的工務組監控室監看監視畫面，回報郭宥威的行蹤，希望是一步好棋。

一開始我告訴阿丹說郭宥威從樓梯間跑掉了，要他留意每個樓層樓梯間入口的監視畫面（樓梯間只在入口裝設攝影機，拍得到誰進出，但樓梯間不會裝設）。

後來發現他從8C骨科病房的樓梯間出來，又從8A泌尿科的樓梯間離開，是往上或往下則吊足大家的胃口。等到在三樓的內科加護病房入口發現郭宥威，大家緊繃的神經又再度被挑起。內科、外科、心臟、燒傷……等加護病房的走道是互通的，只見郭宥威穿梭在各加護病房，最後進入一台電梯——工務組的人說，那台電梯可通達Ｂ２太平間。

Ｂ２有條斜坡可方便殯葬業者載運屍體及廠商交給資材室採購的醫療器材、藥品、大宗文具……，但有管制。除太平間外就是放無效或死亡病歷的病歷室和汽車停車場。

Ｂ１則有腫瘤中心、藥庫、資材室等一些行政單位及餐廳、機車停車位。

阿丹呼叫大家：「注意！郭宥威正搭往太平間的電梯，有可能從一樓或地下一樓離開。」

❦❦❦

此時孫幗芳兩人也及時趕到一樓和甄學恩會合。

甄學恩問了一旁的醫院駐衛警，一夥趕忙奔往22號電梯，但為時已晚，電梯的門正在合攏中。

孫幗芳從尚未完全關閉的門縫往裡瞧，並未看到郭宥威。

「哼，你們對醫院有我熟嗎？」我從電梯一樓出來就急忙往一旁需刷識別證才能進入的門鑽入。

門一關上，我就從門上的小玻璃景窗看到那女警和一胖一瘦兩個男警氣急敗壞的看著電梯門關上，而未料到我就在他們身旁不到十公尺的門後方。

ꝟ ꝟ ꝟ

孫幗芳環顧一樓大廳，擠滿了形形色色的人，有剛幫親友辦完出院手續的、抱著嬰兒充滿喜悅的夫妻、拄著拐杖一跛一跛的年輕人、做完化療滿臉倦怠的病人、坐著輪椅被外勞推來看診的老人、靠輔具走路的腦痲小孩。

還有不少形色匆匆急著要探視病人的民眾、浮躁不安的孩童、排隊等著掛號、繳費和領藥的人。穿白袍的醫師，白制服的醫檢師、治療師、藥劑師、護理師，穿便服的職員也穿梭在大廳中，多數還戴著口罩。

孫幗芳一時覺得眼花撩亂，郭宥威若混在其中，除非眼尖，否則要從進進出出的人群裡發現他，無異是大海撈針。

ꝟ ꝟ ꝟ

我等他們離開一會兒後再有恃無恐的混在人群中，我注意到他們守在大門口、兩邊側門出口、大廳服務台等著要逮我。

我主動幫一位有外勞陪同的老太太推輪椅，讓外勞幫我擋住那個瘦子男警的視線，緩步走向他守候的出口。

老太太一臉感激，口齒不清的直說著：「你們醫院的服務真好啊。」

瘦子警察一直往前方120度角度張望，我從他視角沒看到的地方走過去。

我推著坐輪椅的老太太慢慢走，心裡卻像吊著一桶水，七上八下的，又彷彿有一面擂鼓不停的敲在心臟。

在這關鍵時刻更要處變不驚。我告訴自己：穩住、要穩住。

至於老太太又說了什麼，我根本就充耳不聞。

33

當一身白色制服的郭宥威在3號出口搭上一台計程車揚長而去後，凡是經過偵查隊會議室的人都聽得到副局長破口大罵的聲音。

「如此醒目的目標竟然視若無睹，就這樣被他逃掉！豬頭啊！」副局長氣得吹鬍子瞪眼睛，不假辭色的說。

警方後來找到計程車司機，問明他將郭宥威載到火車站旁的一間服飾店後就再順路載老太太回家。

什麼百密總有一疏、人算不如天算等說詞都無法撫平副局長的怒氣，蔡伯諺被他罵得狗血淋頭，孫幗芳則因誤判情勢自請處分。

「醫院那麼大，我們才幾個人……。」王崧驊小聲的咕噥著。

「你們為什麼不去他家或醫護宿舍守株待兔，等著他自己踏入陷阱？你們以為智者千慮，必有一失啊？」副局長含譏帶諷。

「副局長，這件事我也有疏忽的地方，」高子俊緩頰說，「我們怕在兩個地方埋伏，若他警覺性高，一發覺不對勁就會逃跑，怕打草驚蛇，才決定要在病房抓人。」

「我忘了進出精神科病房的護理站還有一道管制門，應該先請護理長強制關閉的，讓他刷識別證跑掉是我的疏失。」孫幗芳坦承道。

「你們不曉得機會難得嗎，必要時犧牲個人質又算什麼？」副局長似乎不買帳。

「我們又不是怠忽職守，沒功勞也有苦勞，至少確定他和案子有關連。」甄學恩自顧自地murmur說著。

「想說什麼就大聲說出來啊！」副局長眉毛拱的高高的，把一份卷宗往桌上一甩，忿忿地說：「你們自己看，鑑識組的報告出來了！」

大家多少都聞到副局長噴出的口水參著大蒜味。

趁著孫幗芳拿起卷宗看報告之際，高子俊先開了口：「鑑識組在郭宥威住處採集到的指紋與鞋印和在彭皓軒被吊死的小木屋裡採集到的指紋與鞋印是吻合的，在浴室靠近毛巾架角落的地板縫隙也有光敏靈的血跡反應，只是還沒驗出是誰的血跡。

「目前當務之急就是調閱火車站及車站周遭客運站、公車站的攝影機，追查他的行蹤，他的住處我也會派人24小時盯哨。」

「他媽媽住的療養院呢？」副局長問。

「慈康療養院在我們隔壁的E市，已聯繫那裡的院長，若郭宥威過去探望洪敏卉，務必通知最近的大樹派出所並想法子拖住他，直到員警到場。」孫幗芳用詞很小心。

「最好是如此，」副局長哼了一聲，「每個人皮都給我繃緊一點。」

34

八月三十一日　星期一

我在火車站附近要司機先讓我下車，臨走前我跟老太太道了聲謝謝，感謝她讓我搭便車。換過新買的衣服後，我再到好友那裡將寄放的巧克力鐵盒拿走。裡頭放著寫有周煒立、彭皓軒、胡立青名字的拉鍊袋，袋子裡有我從他們頭上拔下來的頭髮，以及從我哥房間找得千辛萬苦才找到的幾根毛髮、未丟棄的刮鬍刀和一支牙刷。

事隔一年了，我哥的頭髮或刮鬍刀和牙刷不知道還驗不驗驗得出ＤＮＡ？

我刻意換好幾班車，還特地在Ｅ市住宿一晚，但我知道我絕對不能在此時去探望我媽，隔天再改搭客運去Ｌ市。行跡與身分已曝露了，我一方面需步步為營，一方面需趕在警方之前找到他。

到了Ｌ市我先買了一把刀，再上網查ＴＧ大學資訊工程系的教職員頁籤，打電話到他的研究室。

老天垂憐，是他接的。

「老師您好，我是選修您『神經網絡計算機』的學生，我有一些問題想請教您，不知道……，」我瞎掰一門他教的課程。

「沒問題，」電話那頭的聲音穩重而沉著，「我今天還有七八節兩堂課要上，接下來都有空。」

「那先謝謝囉，我五點半過去找您OK？」沒想到他這麼乾脆。

16：00

孫幗芳從甄學恩拿回來的記事本裡研判，第四名對洪敏卉性侵的人是個叫阿泰的，她趕忙連絡景德國中的校長祕書，請她查彭皓軒那屆名字有個「泰」的男學生。

學校幾年前就把歷屆學生的資料都輸入電腦了，祕書請教務處查，一按關鍵字搜尋，8筆符合條件的資料很快就mail到孫幗芳的信箱。

「接下來我們分配名單。」孫幗芳信心大增，激動的說，「你們打去電信公司查電話，最好連登記的地址也要到。要真是沒辦手機話號，就去國稅局、勞動局查，動作快一點，都給我查出來！」

16：23

「喂，請問是陳敏泰嗎？這裡是F市偵二隊。」喀擦一聲，對方掛了電話。

「喂，是董祥泰嗎？」「哪裡找他？」一個女聲。「這裡是F市偵二隊，別緊張，只是要請教他一些問題。」

「你好，這裡是F市偵二隊，我找盧炳泰。」背景聲音聽起來是一群人在KTV唱歌。

「我是愛你愛你~~愛尬欲死的痴情男子漢……」宋隆泰的手機一直播著來電答鈴。

陳敏泰的手機通話了。「我不是詐騙集團，這裡是F市偵二隊，有與陳敏泰生命攸關的問題要請教他，你是本人嗎？」

「您撥的電話忙線中，請稍後再撥。」張簡宏泰不曉得是關機還是手機收不到訊號？

「你好，我是何弘泰，『長春房屋』很高興為您服務。」對方接了電話，先報上名字和公司。

「您撥的電話將轉接到語音信箱，嘟聲後開始計費，快速留言請在嘟聲後按*字鍵，如不留言請掛斷。」鍾永泰的電話一直未開機。

「我是朱承泰，你好。」「這裡是F市偵二隊……。」

17：25

五個已聯絡上的都不認識周煒立他們。

「我是愛你愛你~愛尬欲死……喂，」宋隆泰接起了手機。

「您撥的電話將轉接到語音信箱，嘟聲後開始計費，快速留言請在嘟聲後按＊字鍵，如不留言請掛斷。」鍾永泰的電話還是未開機。

小葉直到問了出入境管理局，才查出張簡宏泰已出國多日了，鍾永泰則還在國內。

「鍾永泰目前在TG大學任教是不是？」孫幗芳問王崧驊，「我現在就打去他的系所，看能不能幫忙找到人。」

17：30

「請進！」我敲完門後沒多久就傳來門內的回答應聲。

我輕輕推開門，向他禮貌性地點個頭，再反手將門關上。

他看起來飽經世故，兩鬢鬢髮已經斑白，略顯削瘦的臉還留著流行的落腮鬍，加上架在鼻梁上的無框眼鏡，不像我們護專的男老師，穿著打扮比較隨性。

「老師，我是下午打……，」

「我知道，你有那裡不懂的。」他打斷我，自己先說了，眼鏡後方的眼神很溫和。

我慢慢靠進他，假裝從背包裡拿出書本，近到聞得到他鬍後水味道的距離，再忙不迭地抽出刀子抵著他的脖子，他被嚇得手上拿的杯水潑灑了一桌。

「你……，怎麼你……，你……，」他說得語無倫次。

17：55

孫幗芳的手機兀地響起《Señorita》的樂聲，在偌大的會議室顯得出奇的刺耳，但卻帶來大家企盼的一絲希望。

「孫分隊長嗎？」電話那頭是TG大學資訊工程系的系辦打過來的，「鍾教授的研究生說，他有看見鍾教授在17：42左右和一位學生一塊離開他研究室裡的小辦公室，經過研究室時只是跟他說『你的實驗數據不是我要的』。他覺得納悶，實驗數據最快也要下星期才有個雛型，怎麼教授現在就跟他說data不對？而且他覺得教授的神色不是那麼自然。」

「有監視器嗎？」

「有啊，整棟資訊工程系大樓到處都是監視器。」系辦說得彷若誰都逃不過監視器的法眼似的。

18：05

我要他開著車，找一間不要太醒目的Motel休息。

他把車開到海屏路後再轉到華中路，沿路找了間名叫「馥郁」的汽車旅館。check in時房務看我們的眼神，讓我覺得很不舒服。

進入房間後，我看準了四柱床的一支床尾柱，二話不說就要他坐在床尾，伸出雙手讓我用膠帶將他的手綁在柱子上。

要怎麼處置他我心裡還沒有個底。聽了周煒立他們三人的說詞，和我媽講的南轅北轍，我需要鍾永泰一個讓我信服的說法。

我將電視打開，讓聲音化解尷尬。雖然我知道Motel的隔音都做得很好，但第一次和陌生男子到這種地方，就渾身忐忑不安——即使我即將殺了他——剛才房務曖昧的眼神又再次浮現。

我在心裡打著草稿。

綁架我的學生明顯的充滿了敵意，一路上只講了「找一間不要太醒目的Motel休息」就靜默不語。

我從在辦公室那時就不敢造次，走出辦公室後也許可以大聲呼叫，也許可以反擊扳倒他，但抵著腰際的刀子總是一個威脅。

回想起來，印象中好像沒教過這個學生？還是他選了課很少來聽課？

我打量著眼前的學生，骨架纖細，臉色蒼白，頭髮剪得像ＢＴＳ男團的髮型，眼睛裡有藏不住的憂悒以及一種陰柔的氣質，身材和臉型都偏削瘦，但包在褪色牛仔褲的肌肉結實——不是我認知的、青春洋溢的學生中的任何一個，但有女孩子可能會為他迷得神魂顛倒的特質。

18：15

在系辦18：03傳來幾個清晰的畫面，確定和鍾永泰一起離開的就是郭宥威後，孫幗芳立即請羅啟鋒協調L市的偵查隊通力合作，支援辦案。

L市刑大隊偵一隊的姜分隊長則在接獲孫幗芳請求支援的訊息後，立即調閱學校提供的鍾永泰的車牌號碼及離開學校方向的路口監視器——就等孫幗芳趕過來共同執行任務。

孫幗芳開警用車載著王崧驊和甄學恩兩人，她以時速125km/h在高速公路狂飆，趕著去L市和和偵查隊會合。

警車車頂的紅藍警示燈同時爆閃。

有那麼一個分神，輪胎往一旁打滑，前保險桿朝分隔島歪過去。孫幗芳穩住方向盤，用力踩放剎車，感覺車子的加速防滑系統啟動了，車尾甩了幾度，輪胎才旋轉回來，抓牢地面，車身轉回原來車道。

「姑奶奶，妳可不可以開慢點？」王甄兩人一路念著阿彌陀佛，他們的腎上腺素猛地噴發，心臟快了好幾拍，覺得胃袋在翻騰、反胃。

18：20

電視上正重播著某政論節目，幾個名嘴在討論一起二〇一八年用菜刀、開山刀狂砍母親37刀，還剁下頭顱從12樓陽台扔到1樓中庭，一審被判無期徒刑，但二審以「吸毒後無辨識能力」的理由改判無罪的大逆轉案子。

男子自從進入房間後還是不發一語，我看著電視竟沒意識到還身處危境。

該如何脫身呢？我此時心裡想的竟是恐龍法官對於孫子盲目砍死不給零用錢花的阿嬤、妻子刺死花心的老公、丈夫勒死偷情的老婆、父親狠心殺死不務正業，索錢吸毒的兒子等等荒謬、輕率的判決。

至於喝酒、吸毒開車撞死無辜的人，判罰幾個錢、關幾年就假釋出獄再犯的案例層出不窮。不曉得曾幾何時有人對法官的頭開上一槍才會被重判？

18：30

「我殺了周煒立、彭皓軒和胡立青。」他一說完就順手把電視關掉。他好像想了很久不知從何啟齒，就借著關電視順勢開了頭。

把我嚇了一大跳的不是他突然開口，而是他說的事情——一件我這輩子從沒想過的事，或者說根本不想再聽到的名字。

他如何得知周煒立他們三個人？三個人都死了？

一陣陣悚懼開始從我的頭皮竄起。

「我是洪敏卉的兒子，哼，恐怕洪敏卉是誰你都不知道吧？」

他提到洪敏卉，問我認不認識？若是他的母親，那麼和我年紀或許相仿，我在腦中的記憶庫搜尋了半天，但就是想不起來。

「我……，很抱歉，我……確實不認識洪敏卉。」

「也是啦，你們四個真的沒有一個記得她。」他幽幽的說。

「我能問你怎麼認識周煒立他們嗎？你說你殺了他們，這……，這怎麼可能？」我動了動有點發麻的雙腳。

「怎麼，你不信？你是不是瞧我連縛雞之力都沒有？」

「我和他們已經多年沒有聯絡了，自從那件……，」我欲言又止，「我也沒在關注社會新聞，但你說你殺了他們，我實在不信，」我又再次強調我的疑惑，「而且我和你有什麼深仇大恨，非要把我從辦公室帶到這裡？」

我用老師審視學生的眼神打量著他，像是想從他身上找出謊言、察覺破綻，我想我心中的疑惑已經溢於言表了。

油然而生的好奇心，勝過可能是下一個受害者的恐懼。

「我……，我可以問你一個問題嗎？你是如何認識或者說鎖定周煒立他們的？」

「我媽從新聞報導上認出周煒立，對，從電視上看到他，那時候記者拍到他從法院走出來。為什麼啊？不就那性好漁色的本性不改，被人家告性侵。

「從我媽認出周煒立，告訴我她淒慘的過往後，我就計畫要如何逮他，如何把你們揪出來。我計畫、跟蹤、定策略，掌握他的行蹤。知道他有飯後散步的習慣，但時間不定時，害我花了不少冤枉時間。我不斷思考要用什麼方式才可把他弄到手，讓他吐實，讓他透露你們三人的下落。」他據實以告。

他說到這裡，二十幾年前那件令我羞愧不已的醜事已開始浮現。

「至於用什麼方法殺他，我一時還沒想到。我不想被警方認為是連續殺人狂，只確定你們的死法都要不同。」

我知道此刻要有耐性和自制力。「所以我會怎麼死的你已經想好了？」我表面上裝得很鎮定，其實心裡一陣陣恐懼襲來。

「周煒立只知道彭皓軒的下落，恰巧彭皓軒和胡立青有聯絡，只有你，沒人知道你在哪裡。」他沒有回答我的問題。

「如果你在國外，」他對上我的視線，「我還真不知道如何收尾。現在警方已鎖定我了，拜網路之賜，終究讓我找到你了。」

18：43

那年發生那件事後，深深的罪惡感就如附骨之疽，我整天渾渾噩噩的，但越不去想、越想忘記，它就越盤據在心頭，揮之不去，總是害怕警察隨時會找上門，害怕被抓去關。我從此就和他們漸行漸遠，沒再聯絡。

當年大學沒考好，重考才考上ＣＹ大學，大四時我曾交過一個女朋友，然而一想到那件事就完全不行。當完兵那年我申請到美國賓州大學碩士班，我一心只想與過去的自己告別。

「我不知道你怎麼找上我的，有個了結也好，否則我一輩子會惶然不安。」

「你從沒想過要回來找她？」

「我——沒有——不——我是說，我繞了一圈又回來了。拿到PHD後我在美國工作一段時間，只是那噩夢般的過程依然纏繞在我腦海裡，總有個聲音在耳邊控訴著我犯了什麼罪刑，我必須回來解決。

「回國後我曾試圖回到F市找尋周煒立他們，順便探聽他女友下落，但花了一些日子探聽，不是石沉大海就是音訊全無。後來我找到TG大學的教職，把心思全放在研究和教學上，才漸漸的把這件事淡忘。至少我試過了，不然那永遠是一種折磨。」

他惡狠狠的雙眼透露著殺意，令我打了個寒噤。我之前搜索枯腸也想不透他為何要綁架我？有何冤仇？現在大致明瞭了。

「你結婚了沒？」他竟然問我這個問題。

「唉，對男女之事早就有心無力了。」我不諱言的說。

「算是報應吧。」他輕蔑地哼了一聲。

我其實想說，我內心的煎熬跟你媽差不多，就像靈魂在吶喊著找不到出口。

我小時候體弱多病，同期的國中同學到了青春期個個都在發育，好像才幾天功夫大家都竄高不少，只有我還在原地踏步，就成了被逗弄欺凌的對象。是彭皓軒他們接納了孤立無援的我。

他家裡有錢，算是我們的帶頭大哥；胡立青是個鬼靈精，戲弄愛打小報告的女同學的傑作多數出自他的點子；周煒立則帥氣有女人緣，情書收得不少。胡立青有次就把隔壁班女生寫給周煒立的情書貼在布告欄上，害那女生哭了好幾天。（他聽到這裡嘴角竟泛著笑意）

我國三時像吃了大力丸，無論身材、功課都突飛猛進。高中聯考後我們雖然就讀不同學校，只要放假回來還是會聚在一塊。

他們不會強迫我做我不願意做的事，譬如抽菸、喝彭皓軒從他老爸那裡偷來的酒。記得有一回他們三個嘗試著吸大麻，我只是敬謝不敏，但他們還是把我當哥兒們。

「那一晚整個都失控了，對，就是失控。原以為他們只是要找點樂子，萬萬沒想到會捅出那麼大的簍子。唉！我還記得他們都喝得酩酊大醉，最要不得的是還吃搖頭丸。彭皓軒應該是怕我不聽從，啤酒裡除了搖頭丸還加了春藥……。」

「他們三個都不認為有錯，互相推諉，還說是我媽主動勾引你們，死了活該！」他用強硬又憤懣的語氣說。

我想掌控局面，但發球權被他拿走了。

他平淡的訴說著殺人的過程，彷若只是在談論晚餐要吃什麼，我卻聽得寒毛直豎。

我的心思飛快翻轉，欲張口說的話在腦海裡運轉一遍，但腦中卻浮現「我命休已」這四個字。

「我媽懷孕了。男的。」我對他突然冒出的這句話一時不解其意，怔愣了片刻才恍然大悟，同時驚嚇出一身冷汗——他會是我們四個其中一人的孩子嗎？

「可……，可是你說你殺了他們，他們可能是你父親啊？」我說得結結巴巴的。

「是我哥，他走了。」

「走了？」

「死了啦！」他用盡所有力氣才嘶吼出這三個字。

我眼前一陣目眩，倒抽了一口氣，只聽得他氣呼呼的說：「你們在嗨在爽的時候有沒有顧及我媽的感受？我若身為你們的小孩一定會感到羞恥！」

19：20

他會是我哥的父親嗎？如果是，我還下得了手嗎？還是玉石俱焚，連他也殺了，反正我哥不在了？天理昭彰啊！

「這個祕密一直折磨著我的母親，她被凌遲了24年。她說你可能是無辜被迫的，而我也想聽你的說詞。」

「我知道我們錯得很離譜，實在有夠荒唐，我也不能用被陷害脫責，如果當時我有勇氣制止，也不至於造成這件憾事，對你媽實在愧疚萬分，也很遺憾你哥走了。」

我思忖著他說的話。我哥走了，媽病了，我覺得好累。這是一條不歸路，殺了人也只有這條路可以走了——自我了斷。

他似乎在咀嚼著我說的話，表情變得有點僵硬，看不出任何一絲情緒的波動。我突然想到悲劇怎麼會像「莫比烏斯環」般的無限迴圈，一再重演？

外表的傷口會痊癒、會消失，但有些內心的傷口永遠不會消失。

只聽他咕噥的細聲說：我該相信他嗎？

一陣靜默。

「你出去後連同你的頭髮，你們四個人和我哥的去驗ＤＮＡ，如果你想知道他是誰的孩子的話？」他終於開了口，接著他交給我四個拉鍊式塑膠袋，分別寫著周煒立、彭皓軒、胡立青的袋子裡頭各裝著一小撮頭髮，寫著郭宥昌的袋子除了幾根毛髮外還有一把刮鬍刀和牙刷。

「我不知道他生前會不會想知道他的親生父親是誰，但你可以告訴我媽，雖然她恐怕也記不得了。」他的聲音透露著哀淒。

一個恐怖的念頭閃過。

「我相信你的本性是善良的，你千萬不要做傻事，我可以出面作證，法官會從輕量刑的，」我懇求著說，「你聽我說，你還年輕，關個幾年出來，我們一家……，你和你媽，我們三個人一起生活。相信我，我求求你，不要做傻事。」

我希望能拖延一些時間，但忐忑的心隨著時間的逼近逐漸不安起來。

19：34

孫幗芳他們三人比預計時間早了十分鐘到L市的偵查隊和姜分隊長會合。

「華中路這一帶光Motel、Hotel就有好幾家，」姜分隊長告訴他們說，「從監視攝影機最後的影像顯示，鍾教授的車沒有從華中路另外一頭出去，應該就在其中一家了。」

「所以查到了？」甄學恩忍不住的興奮寫在臉上。

「我事先已將鍾教授的車牌號碼告訴華中路上的各家旅館。是的，大約一個多小時前他開進馥郁汽車旅館，登記為『休息』。」

「希望來得及阻止。」孫幗芳期盼不要再有兇殺案發生。

「我會加派警力在馬蹄形建築的馥郁汽車旅館出入口standby，我們幾個直接殺進去如何？」姜分隊長摩拳擦掌的說。

19：50

郭宥威將臉書直播功能設為「分享到社團」，限時動態設為「保留24小時」，標題寫下「我殺了F市大信鄉鄉長」，還標註**#F市謀殺案**，然後調好手機鏡頭。

「我是郭宥威，我要自首，還是投案，嗯，反正都沒差啦。」畫面上的郭宥威顯得有點靦腆。

「F市大信鄉鄉長彭皓軒是我殺的，那個什麼罡什麼教的周偉業也是我殺的，還有，燒死胡立青也是我幹的。」他面無表情的一口氣說完犯了三件案子，抿了抿嘴，宛如只是穩操勝算的莊家亮出手上的牌，但旋即又開始侷促不安的扭轉雙手。

「我後面是TG大學的鍾永泰教授，」他把鏡頭轉向雙手被綁在床柱、嘴巴被貼上膠帶的鍾永泰再調回來，不理會他使勁的扭動，想表達的意願。

「殺第一個很難，我……，」郭宥威開始哽咽著，看得出呼吸起伏的波動，「我不知道他死透了沒，我把周煒立綑紮起來，裝入大型行李箱內，塞入租來的汽車，將他載到我前一天半夜找到的魚塭棄屍。彭皓軒………」

才短短幾分鐘，臉書的留言與分享數急速上升，更多的是哇、嗚、怒、擁抱表情符號的數字。

「我不是殘酷無情，是他們死有餘辜，我只是想要阻止傷痛的蔓延，」他說得漸漸不疾不徐，眼神卻看得出無比的哀慟，「搞綑綁、搞上吊、燒車是想混淆警方的辦案方向，讓他們認為是不同人所為，好爭取時間跟蹤佈局……，你們還在好奇我為什麼要殺他們對不對？關於這個問題鍾教授會告訴法官。」

PTT、Dcard、臉書、Instagram幾個社團開始瘋狂轉發分享，觀看人數和討論度直線飆升。

畫面中的郭宥威湧出淚水，模糊了視野。

他突然一刀舉起，往脖子一抹。

血噴濺到手機鏡頭，瞬間一片殷紅，只剩下鍾永泰淒厲的嗚咽聲還持續直播著。

等不及房務拿鑰匙開門，孫幗芳跟王崧驊使個眼色，她舉起手槍對著門鎖，碰碰兩聲，王崧驊緊接著大腳一踹，房門應聲被踹開。

郭宥威你不要動！你聽得到我的聲音嗎？

叫救護車！快！快啊！

拜託你們救救他！求求你們，快救救他！

啊～～，我的媽呀！

鍾教授，你身上有受傷嗎？

不要管我，求求你們快救他，求求你們！

關掉！把直播關掉！

再撐一下，救護車快來了！

摩鐵的房務被告知有人在他似曾住過某種房型的房間開臉書直播，也正是之前警察來查問車號登記的那間。旅館業最怕有人在房間裡面自殺，再來則是槍擊犯或通緝犯和警方駁火，至於找偵探社和警察來捉姦的、吸毒、開趴、毒販交易都是小case了。

不理會房務猛地敲門，警察就碰碰兩槍擊破門鎖闖了進去。他躲在後面，從空隙中瞥見倒在一攤血泊中的郭宥威以及被綁在床柱、一臉驚慌失措的鍾永泰。

這一切發生得太出乎他意外了。該死的人不是自己嗎？一點道理都沒有啊？他驚愣在那裡無法理解，直到有人撕開他雙手及嘴巴上的膠帶，才如夢初醒。

他無視他人投來異樣眼光，放聲大喊——拜託你們救救他！求求你們，快救救他！

35

窮途末路的周煒立

已經跟蹤他兩三週了。

他的身邊總是有個女人亦步亦趨的跟隨著，都快失去耐心了，再不濟就連那女的一起解決。

今天我還是遠遠的緊跟在他們後面，只見他突然抱起狗加快腳步想甩開那女的，一個轉彎就轉進一個小公園裡面，我怕跟丟了，趕忙急起直追越過那女的。我一個箭步繞過入口開放式圍欄，放眼望去，還好只有一兩個遛狗人士的行跡。

等到四下無人，我攥握著針筒若無其事地緩緩向他走過去。那隻狗叫個不停，我很怕有人過來就前功盡棄了，實在事非得已，我只好剩些藥劑打在狗身上。

像撿屍喝醉酒的人一般，我把他攙扶在肩上，慢慢往出口拖迤。

費了一番功夫才把他先安置在靠近公園出口的一處涼亭，就算有人路過，也會以為是流浪漢躺在那邊不敢靠近吧？我急忙跑去開車，再將他載回我的住處。

扯了半天周煒立就是不承認，我用刀子將他的上衣直接割破，露出白皙的胸膛與便便大腹。

再將刀子從胸骨下方往下一劃，鮮血從他的肚子汩汩滲出，顧不及痛，他被綁的雙手和雙腳就不由自主扭動起來。

「有點記憶了嗎？你們四個人啊？」

「四個人……，哪四個人？」周煒立記憶的匣子還沒完全打開。

「你不是說到麻吉嗎？你和哪幾個麻吉幹了禽獸不如的事你不記得？」我又一刀重複位置劃下，這次皮開肉綻了。

「停……，停……，」周煒立雙眼圓睜，低頭看著血從肚皮上流出來，額頭及上唇泌出汗水，出現極度痛苦的神情，「讓我想想，我想想。」

周煒立試著倒帶努力回想……。每天把馬子……，等畢業……，多少荒唐事一一浮現。四個人幹的事……？好像有那麼一樁？是在彭皓軒家小木屋發生的事嗎？但早就事過境遷了，畢業後大家各奔東西，也沒聽說那個女孩後來怎麼了，是那件事嗎？

周煒立想從他的臉聯想那女孩的樣子卻無濟於事，疑惑一定是寫在臉上了。

不可能吧？周煒立搖了搖頭，想讓自己清醒一點。

「我都忘了她的名字了，你是指小木屋……？還是……？」周煒立不確定他是否清楚細節，

「她……，我是……，我們是合意性行為的。」他心念一動，不假思索就說出口。

「放你媽的狗屁！」我頓時怒火中燒，一語未竟再劃下一刀，周煒立紅白色的皮肉翻了開來，像汆燙半熟的豬肉。

「你是吸茫了嗎？性侵耶！輪姦耶！要不我在你屁眼捅幾下看看？」

「我是被逼的！」情急之下周煒立脫口而出。

「被逼的？逼你去吃屎你吃不吃？」

我看準周煒立胸骨下方肉多的地方往下劃了一刀，大量鮮血湧泉般噴出，周煒立痛得昏眩過去。

不待周煒立醒來，我就往他臉上潑了水。

「你們渾然不認為自己做了什麼傷天害理的事嗎？以為可以正常過生活就沒事？幹！其他三個現在在那裡？」我怒不可遏。

望著皮開肉綻的傷口，周煒立已嚇得魂飛魄散了，支支吾吾地吐出：「我……，我只和大頭軒……，就彭皓軒啦，我們有在聯絡，三不五時會去喝幾杯。彭皓軒你知道吧，大信鄉鄉長。其他兩人我就真的沒有他們的下落了，也沒聽彭皓軒提起過他們。」

「你……，你和她是什麼關係？」周煒立看我沒再動手，像似在思考他說的話，就鼓起勇氣問道。

「這不用你管。」

我突然拔下周煒立一撮頭髮。

「噢！」周煒立叫了一聲，不知道我的用意為何，應該也不知道是凶多吉少還是可全身而退吧。

我出奇不意拿起放在洗手台邊的針筒，輕輕推了推活塞，讓針頭噴出小水珠，再將裡面的藥劑全部注入周煒立的手臂。

「你下地獄就知道了。」我在周煒立的耳邊低語。

一股涼意從周煒立脊椎往上爬。在寂靜的浴室裡，彷如聽得見針頭插入肌膚以及活塞將藥劑擠出針筒的聲音。他雙目圓睜，在昏厥癱軟的同時，24年前的往事也鋪天蓋地的襲來。

我從網路上找到ＢＤＳＭ的影片，看起來蠻好玩的，初登場總要有點創意嘛。

影片中的受虐者是有意識的、自願配合的，還有一人從旁協助，所以很完美。原以為只要如法炮製就可以了，但封箱膠帶使用起來礙手礙腳的，許是一個人難以操弄。幸好注射的針劑已發揮效力，癱軟的周煒立只能任我擺布。

我特意留下鼻孔不貼膠帶，好讓他呼吸。等他清醒了，活生生地感受漆黑一片又無法動彈的恐懼——就像被活埋一樣。等想好要丟哪裡，才把鼻孔貼住。

日暮途窮的彭皓軒

白天我要上班不方便，下班後跟了幾次，知道你習慣一個人開那輛銀色ＢＭＷ 330i M Sport居多。你常去喝花酒，喝醉了才離開，有時載店裡的小姐去她的住處，有時直接載到鄉公所，應該是你的辦公室吧，警衛大概也見怪不怪了。

堂堂一個鄉長竟花不起開房間的錢，還是說辦公室比汽車旅館刺激呢？聽說有某個城市的某局長直接在白天關起門來和女記者辦事，下屬是視若無睹還是司空見慣呢？

看完你貪污的新聞報導後，我跟自己打了個賭，賭你會去常去的那家金都酒店發洩，畢竟花了一百萬交保，應該很不爽齁？

今晚我事先精心打扮了一番，還頗有一番姿色，我將繩子、針筒、刀子和空白信紙、筆放在皮包裡，在距離金都酒店兩公里的路口等候。

有幾個登徒子對我吹口哨，我選擇相應不理。守株待兔也許不是個好方法，但運氣好的話讓我被你看到，依你的本性，應該會停下來吧？

賓果！你果然上鉤了。

你每個毛細孔都散發著男性賀爾蒙，眼裡流露出飢渴，喉結宛如小異形想破繭而出。

彭皓軒正開著車子趕赴Melody之約，一眼就瞧見前方一名女子右手扶著路燈，左手揉著脫了鞋的右腳跟，看似扭到腳了。他將車子打了個方向燈，不急不緩的把車停在女子前面。

人家說人無橫財不富，馬無夜草不肥，一個人貪財好色的劣根性是從小就養成的。對彭皓軒而言，今晚的豔遇或許可彌補今早的晦氣，即便當了鄉長，狗就是狗，還是改不了吃屎。

女子道了一聲謝謝，拎著一隻鞋和包包坐上副駕駛座，彭皓軒就想到要往哪開了。幾分鐘後，女子將預先放在包包裡的一把刀子由左手順勢抽出，抵住彭皓軒的右側腰部。

彭皓軒一副嚇得快要挫屎的樣子，若有喝酒恐怕也醒了。

女子輕笑著說：「你很孬耶，夜路走多了，總會碰到鬼吧？」聲音是低沉的。

連日陰雨後持續不斷的高溫，加上各家各戶冷氣機排放的熱氣，熱島效應讓整座城市變成了蒸籠。

小木屋應該有一陣子沒整理居住了，濕氣霉味加上蒸騰的燠熱，讓彭皓軒大口大口地喘著粗氣，揮汗如雨。

我的表情漠然，無視彭皓軒的求饒。

「你以為我會相信你說你有多後悔、多懊惱那些鬼話？你是始作俑者，只會狡辯，直想撇清關係，是最該死的！」我憤恨的說。

「你照著我唸的寫。」

「真要寫？」彭皓軒已被架在他脖子上的刀子嚇得全身顫抖。

「少囉唆！照我唸的寫就是了。」我小心翼翼的用食指與大姆指指尖拿出空白信紙，避免留下明顯指紋。

「我，彭皓軒，……」

彭皓軒躕躇著不動。

「快照著寫啊！」我刀子一揮，就在他左手臂劃了一道口子。他一見到血，顧不得疼痛，開始振筆疾書。

「我，彭皓軒，身為大信鄉鄉長，卻收取多家得標廠商的賄款、中飽私囊、貪贓枉法。我很愧責，深感對不起選民的託付與黨的栽培。我自知法網難逃，唯有自盡一途才能給對我有所期待的人一個交代。　彭皓軒　絕筆」

彭皓軒在名字下頭將蘸了血的右手大拇指捺印上去，我看著看著滿意的點點頭，他則像隻無助的小狗以乞憐的眼神望著我，企望我最後會心軟放他一條生路，或者他還認為老天只是在跟他開個玩笑而已？

我拿起針筒，將筒內所有藥劑悉數注入他手臂。等他癱軟後，再將他拖上桌子，拿出從五金百貨行買的，確定可以支撐我體重的兩倍至少二十幾鐘沒問題的麻繩。

我先將繩子甩過樑柱，一端套好繩圈，另一端纏繞在手上，再將他的頭套進繩圈。我將他笨重的身軀靠在我肩上，媽的，出乎我意料之外的重，我使力慢慢將他扛挺起來，同時將手上的繩子慢慢收攏。等到重心都在他脖子上，確定可以支撐起他並且固定站立後，我跳下茶几，雙手用力一拉。

他雙腳騰空的霎那間，身體頓了一下。

看著他懸掛在那裡，抽搐、蠕動，直到不動的同時，我墊起腳將手中的繩子和繩圈上面的繩結綁在一起。此時最費勁了，為防止他掉下來，還得一手繞過他的腋下支撐著他。

我拔了他一小撮頭髮，跳下來，同時將茶几推回原位，再把一張椅子踢倒在他下面。我將可能留下的腳印、指紋盡量抹除。我笑了，其實不處理也無所謂啊，我又沒有前科，留有指紋紀錄可被比對，但還是小心謹慎為上。

本想從大門走出去，開走ＢＭＷ。想了想，又何必費事，就決定從打破的窗戶爬出去，再從容的漫步在今晚的夜色中。

窮驢技窮的胡立青

「眾議苑」是佔地約一千多坪，地上十六樓、地下兩樓，A至D四棟大樓的住家大樓。每層樓有三戶，四棟大樓的電梯各自獨立，估計可住進170戶人家，只有一個守衛室。

彭皓軒最後把胡立青在軍中被判軍法、服刑、離婚、現在工作的地點告訴我，他一直以此求我放過他。

怕警方已找出彭皓軒和周煒立、胡立青的關係，我必須提早佈署，比警方早一步行動才行。今天值班保全的名牌寫得很清楚，不是我要找的人。若恰巧遇到胡立青值班，我就佯裝訪客要找人，順便套交情，問他上班時間。若是別人，我就說要找胡立青，胡謅說以為他值這個班。姓于的保全胖胖的，看起來年紀有一把了，隨便攀個人情就說：「阿青啊？他這個月都輪大夜班哦——晚上十二點到隔天八點啦。」

沒想到那麼輕易就從他口中套出胡立青的班表。

我原本的A計畫是小夜班。晚上十二點下班最好行動了，白天八點不是下手的好時機，半夜十二點若沒人接班，提早被發現的可能性會大幅提高。

幾番思量，只好實施B計畫了——等他八點下班——跟蹤他回家——晚上行動。

胡立青是騎機車上下班的。住的地方離市區有段距離，我很訝異都市區還有這種偏僻荒涼的地方，從一條較大的馬路鑽進小路，左彎右拐繞了半天才到他家。鄰近只有三四戶人家，白天靜悄悄的，都是那種待拆的宅院，可能在等待都更撈一筆吧。

我發現他家門口停著一輛Ford中古汽車。

Google地圖真不錯，地址一輸入，鄰近周邊有個一百公頃的公墓，市政府為了都市開發、活化土地的利用率，已要求遷葬——如何執行，我當下已經有了腹案。

今晚我不準備梳理裝扮了。包包裡放的是一支汽油虹吸管、一瓶900cc空寶特瓶、一塊布條及打火機和一把刀，還有一支灌滿Midazolam的注射筒。

十點左右我就到了，看到胡立青正在吸毒，嗨茫了，著實嚇了一跳，沒想到他墮落到如此境地，臉上儘是被酒精及毒品蹂躪過的神情。

胡立青十一點半穿著好制服準備出門時，沒料到一把刀子突然架在他脖子上，他似觸電般醒了過來。

「去把汽車鑰匙拿出來！」我命令他，不讓他有說話的餘地，接著跟在後頭上車。

我坐到駕駛座後方的乘客座，刀子只有短暫時間離開過他的脖子半吋。我要他依我設定好的Google地圖指示，開往第二公墓。

被敲擊了幾下的胡立青似乎想起來了。

他說他很後悔做了那件事，當下大家都吃了搖頭丸，腦筋糊塗了、腦袋懵了。他忘了誰先提議的？誰先下手的？

我舉起刀柄下緣再往他右邊太陽穴重力一擊，他如夢初醒，大叫一聲。

「還有一個現在在哪裡？」

「他在哪裡我不清楚。」他猶豫了一下，想輕描淡寫帶過，「其實我們三人應該都不清楚……。」

又是奮力一擊！

「我沒騙你啦，」他痛得哇哇大叫，眼淚鼻涕不止，舉起右手摀著太陽穴。「阿泰自從發生那件事後就不再和我們聯絡，輾轉聽到的是他出國念書了……。有聽說他學成後回國在大學當老師，我不清楚是哪間大學、哪個系所，你可以用名字上網查，如果他沒改名的話。」他一口氣吐露一堆訊息。

我用力使出最後一擊，趁他昏厥之際補上一針，讓他不會突然甦醒壞了事，再拔下一撮頭髮。

我將油箱蓋開啟，用虹吸管將空的寶特瓶罐滿，潑灑到胡立青的身上、車內的儀表板、副駕駛座、乘客座，一瓶又一瓶，直到油箱被抽光。

接著我打開駕駛座的車窗，將虹吸管丟入副駕駛座，做完最後的巡禮，將塞進布條的寶特瓶點燃，拋出完美的拋物線，看著熊熊烈火猛然燒起來。

36

杜至勳買了一瓶紅酒和一束玫瑰花過來，傻傻的站在門口，孫幗芳情不自禁的撲向他懷裡，給他一個大大的擁抱。

剛結完紮的波妮也喵喵叫地跑過來，跟從前迎接主人回來一樣，熱情的在他腳邊蹭來蹭去。

孫幗芳特地下廚做了幾道他愛吃的菜。杜至勳離開的這段日子，她幾乎是隨意的吃，冰箱有什麼就亂煮一通。以前他在的時候，即使兩人都忙，通常各吃各的，一周至少會下廚一次，有時她煮，有時是杜至勳展現廚藝。

今天她特地去大賣場買了食材，打算晚餐大顯身手。她不讓杜至勳幫忙，留波妮在客廳陪他玩。手機裡流瀉著孫幗芳喜歡的古典音樂和杜至勳喜歡的流行歌手的音樂，感覺又回到從前幸福的時光。

「後來呢？」

「早就散了，或者說根本就沒有開始。芳……，」他還是習慣叫她一個字，「妳知不知道我有多麼想妳？」

餐後孫幗芳和杜至勳窩在沙發上，他向她坦承。

「嗯，我也是。可是你都不會主動打電話過來，有好幾次我看著手機發呆，想說是不是漏接了你的電話。」

「我打了不下千百次，心裡頭想的啦，就是不敢付諸行動，想說妳可能還不會原諒我，唉，真是孬種，就算被拒絕又有什麼關係？」

「你又不是不瞭解我。」孫幗芳嬌嗔著說。

杜至動輕柔的握著她的手，舉到嘴邊吻了一下，孫幗芳心裡一陣悸動。

「你知道嗎，我撥了幾次電話給你，每次一聽到『您撥的電話將轉接到語音信箱，嘟聲後開始計費，……』我就趕快掛斷，一方面慶幸你沒接，一方面不知道要留什麼言，一方面又希望你主動打過來。」

「我搬回來好嗎？」他脫口說了出來。

「嗯。」孫幗芳點了點頭，淚水不自覺滴了下來。

兩人一路從客廳吻到臥室，一面吻著脖子、耳垂、胸口，一面用手指輕輕撫慰彼此溫暖的肌膚，像波妮在腳邊磨蹭般在彼此全身磨蹭。

ፘ ፘ ፘ

破了彭皓軒三人的案子，副局長很快就要調升K市市警局局長。

高子俊與前妻有女兒居中當潤滑劑，感情似乎有回溫的跡象，高子俊也暗自期許，老天若再給他一個機會，他一定會多花些心思在前妻與女兒身上。

「恭喜你啊副局長，這麼快就要升官了。」高子俊向副局長道喜。

「托大家的福，還真要感謝你優秀的團隊哦。你知道嗎，原本我鋼盔和防彈衣都準備好了，案子再不破我就要去擋子彈了，」副局長笑得闔不攏嘴，「你也不是不知道上頭多重視這幾件案子，我看你遲早也會升副大隊長。」

「副局長，哦不，該叫您局長了，有機會別忘了提拔提拔大夥啊。」蔡伯諺在一旁敲邊鼓。

「我很欣賞孫分隊長，高隊長，我這次順便把她帶過去如何，你捨不捨得割愛啊？」副局長想順水推舟。

「雖然說服從命令是軍人的天職，真要借調她，我也樂觀其成。」高子俊以退為進。

孫幗芳笑得很靦腆。「我倒覺得甄和王小分隊長很稱職，經驗豐富又老到。」她反過來給個順水人情。

「好啊，那我全都要了。」副局長呵呵大笑，真正映照了人逢喜事精神爽。

ꕥ ꕥ ꕥ

羅啟鋒在醫師男友搬離合租的住處避不見面、訊息也不讀不回後就有挽回無效的覺悟了，加上幾件凶案讓他忙得分身乏術，無暇去思考兩人未來的可能性。他曾幾次去男友任職的醫院找其他醫師諮詢醫學上的疑點，始終無法鼓足勇氣去找他。

有一次他遠遠就看到男友和幾名同袍邊走邊聊天，差點不期而遇，只是兩人沒對上眼神。男友蓄起絡腮鬍，披上醫師袍，帥氣又有型。一八〇公分的運動員身材，雄性勃勃、充滿魅力，舉手投足都像另一種物種。只是憔悴多了，宛若身上擔負了不少重量。

他不知道男友和他的網友是否還在一起，或許去掛他的診直接問他，可惜他是婦產科醫師，咦，男人也會得乳癌啊，非得只能掛乳房外科嗎？還是到診間等他下診，學周星馳的台詞：「意不意外？開不開心？」

唉，別三八了！

療養院狹窄的交誼廳裡，慘白的白色燈管映照著幾個失智的老人和神情癡癲的年輕男女，有的漫不經心的閒晃，有的心不在焉的盯著電視，對著螢光幕上的搞笑藝人當成自己親人般喃喃對語，將不好看的綜藝節目當成生活中的調味料。

角落有兩名身著制服的專管員看似在看照他們，仔細一瞧，兩人正專心致志的在滑手機，不時發出幾聲竊笑及私語，對那些病患視若無睹，只要不出事就好了。

慈康療養院是一間收治病情穩定的精障者的社區型療養院，鍾永泰依照郭宥威給的資訊找到住在B棟107房的洪敏卉。

鍾永泰以洪敏卉的家屬身份問了醫師有關洪敏卉的病情，醫師還問他說：郭先生今天怎麼沒有來？

「宥昌是我們的孩子。」鍾永泰面對著這個這輩子只見過半天，那麼陌生，如今又有那麼親密關係的女人柔聲的說著。

小小的房間擺設很簡單，窗外溫煦的陽光照在洪敏卉臉上，她好奇的凝視鍾永泰。她的身材異常的瘦小，說是瘦骨嶙峋也不為過，臉色憔悴，又蒼白得像張白紙，清癯臉頰上的雙眼一片空茫，黯淡無光。

「妳還記得我嗎？我是鍾永泰，阿泰。」他拉起洪敏卉瘦如枯枝的雙手，憐惜的神情寫在臉上。

「我應該早點來找你們的，讓你們受了那麼多苦。」他不確定洪敏卉聽懂多少，但看她詫異的神情，微微點著頭，又彷彿她知道一切。

「阿昌，你弟沒跟你一起來嗎？」洪敏卉開口問起。

鍾永泰溫柔的搖搖頭，隨性的說著求學、工作、教書的瑣事，還不知道如何切入主題。她安祥的聽著。

「宥威是我見過最勇敢、最有膽識的孩子，」洪敏卉聽到宥威兩字，眼裡出現柔和的光芒。「他現在很好，妳不用擔心。」

「阿威說要帶我回家，你替我問他真的假的，好不好？」

鍾永泰娓娓說出郭宥威犯案的事，洪敏卉聽著聽著，五官像波浪般起伏不定，一會平靜，一會又掠過痛苦的顫動。

良久良久洪敏卉才迸出一句話——「我知道。」

短短三個字裡從她嘴裡說出來，充滿了認命、憤怒和悲傷。

「幸好警察破門衝進來時，他一時分了神，沒有割到主動脈。我一路陪著他到醫院，他的聲帶復原需要一段時間，難免會……。」他沒有說出郭宥威即將被判刑的事，但淚已止不盡的簌簌而下。

又是一陣沉寂懸盪在在兩人之間，等到的是洪敏卉出奇的鎮定聲：「你不要哭，阿泰。」

《全書完》

要推理89　PG2601

要有光
FIAT LUX

DNA殺手

作　　者　佘炎輝
責任編輯　喬齊安
圖文排版　蔡忠翰
封面設計　劉肇昇

出版策劃　要有光
發 行 人　宋政坤
法律顧問　毛國樑　律師
印製發行　秀威資訊科技股份有限公司
114台北市內湖區瑞光路76巷65號1樓
電話：+886-2-2796-3638　傳真：+886-2-2796-1377
http://www.showwe.com.tw
劃撥帳號　19563868　戶名：秀威資訊科技股份有限公司
讀者服務信箱：service@showwe.com.tw
展售門市　國家書店（松江門市）
104台北市中山區松江路209號1樓
電話：+886-2-2518-0207　傳真：+886-2-2518-0778
網路訂購　秀威網路書店：https://store.showwe.tw
國家網路書店：https://www.govbooks.com.tw
總 經 銷　聯合發行股份有限公司
231新北市新店區寶橋路235巷6弄6號4F
電話：+886-2-2917-8022　傳真：+886-2-2915-6275

出版日期　2021年7月　BOD一版
定　　價　340元

讀者回函卡

Printed in Taiwan

國家圖書館出版品預行編目

DNA殺手/佘炎輝著. -- 一版. -- 臺北市：要有光, 2021.07
面； 公分. -- (要推理；89)
BOD版
ISBN 978-986-6992-78-0(平裝)

863.57 110009664